好きだと言って、月まで行って

N・R・ウォーカー

冬斗亜紀〈訳〉

To the Moon and Back

by N.R.Walker

translated by Aki Fuyuto

Monochrome Romance

To the Moon and Back
by N.R.Walker

To the MOON and BACK

好きだと言って、月まで行って

CHARACTERS
ベンソン
ギデオンの養子(甥)
ギデオン・エレリー
シングルファーザー。
34歳
トビー・バーロウ
プロの住み込みナニー
(ベビーシッター)

To the Moon and Back.　イラスト：小野ユーレイ

1

「もう一人じゃ無理よ」

ギデオンは疲れ果てた溜息をついた。事実あまりにも疲労困憊《ひろうこんぱい》で、この状態を表す造語がほしい。親友のローレンとジルのほうを見て、うなずいた。

「だよな……」

ベンソンがもぞもぞする。ベビーモニターごしでもお目覚めのむずかりが伝わってきた。

「私が行ってくる」

優しく言って、ジルが廊下に出た。

ギデオンの膝をローレンがぽんぽんと叩く。

「それがいいって」と励ました。「そうしようよ」

そうするべきだと、渋々ながらギデオンにもわかっていた。

自力で何とかなると思ったのだ。

生後六週間の赤ん坊をかかえてシングルの親として一人残されるのは、まさに大惨事だった。

何年も連れ添ったパートナーにあっさり去られて人生設計が狂ったことも、惨事だった。そしてすべてを――フルタイムの仕事とフルタイムの父親業を――こなそうと六週間奮闘し、これ以上はもう不可能だ。ローレンとジルは献身的に助けてくれたが、いつまでも甘えてはいられない。ギデオンは目を開けているだけでもやっとだし、このままでは遠からず取り返しのつかないことが起きる。

働かなくては、この家を維持できない。この家を、ベンソンが育つこの場所を守るのはギデオンにとって大事なことで、できる限りリモートワークで働いてきた。上司は快く協力してくれたが、ギデオンはもう沈没寸前だ。何より、ベンソンの世話が行き届かない。ジルとローレンにはすでに十分助けてもらった。

根本的な解決策が必要だ。

「で、この男は優秀なのか？」

ローレンがうなずく。

「子ども発達学の学位を持ってて、イギリスで三年間ナニーとして働いて、今はシドニーに戻ってきてる。うちのボスの評価の厳しさは知ってるよね？」

ギデオンはうなずいた。辣腕弁護士で、最高のものしか認めない女性だ。

「そのボスの推薦だからさ」ローレンが続けた。「今なら派遣会社を通して雇えるって。どこぞの馬の骨を家に入れたかないんでしょ？　彼なら最高だってセナが言ってた。チャンスだよ」

ジルが、むずかるベンソンを抱いて戻ってきた。

「オムツを替えて元気そのもの」と、ギデオンに赤ん坊を手渡す。「ダッダ《パパ》が恋しいって」

ギデオンは息子を受け取り、かかえこんで、ベビーパウダーの香りを吸いこんだ。頭にそっとキスをしながら前後に揺れる。

「ダッダはここにいるよ」

ベンソンが落ちついても揺らすのをやめなかった。命より大切な息子。こんなに誰かを愛せるなんて知らなかった。今の彼には、この子がすべてだ。

もう、たった二人きり。

誰かの手を借りるのは、正しい判断だ。自分のため、そしてベンソンのために。

ベビーシッター……。

また諦めの溜息をついていた。反論しようにも疲れすぎていた。

「何時に来られるって?」

トビー・バーロウは緑豊かな郊外のパットニー通りを、Ｓｉｒｉのナビに助けられながら車で走っていた。シドニーのこの近辺には詳しくないのだ。シドニーに戻ってきたのも数年ぶりだし、通りすぎる家や車はどれもとても手の届きそうにないお値段だし。

大樹の木漏れ日でまだらに光る芝生の公園があり、子供や犬をつれた人々が春の日差しの下でのどかに散歩していた。

こんなところに住んで、仕事もできるとか、本当に？

それが本当らしい。

まあ相手の男に会ってみて、気に食わなければ断るかもしれないが。ロンドンで働いた最後の家族はあまりにも……だった。子供たちはかわいかったが、両親がヤバかったのだ。親としても人間としてもヤバかった。

今度の相手はそれに比べればマシなはずだ。

トビーにわかっているのは、ギデオン・エレリーが三十四歳の男性で、有能な企業財務マネージャーであり、十二週間の息子をかかえてシングルになったばかりということだけだ。

赤ん坊。トビーは赤ちゃんが大好きだ。

聞いていた住所の前で車を停める。ヴィクトリア様式の家の前に、芝生と木がある素敵な庭が広がって、仕上げに高級車の黒いアウディSUVが停まっていた。

トビーだって裕福な家で働くのには慣れている。何せ相手は住み込みのベビーシッターを雇える人間なのだ。兄から借りた小ぶりなカローラを見て、あなどられないよう祈った。

大きく息を吸い、バックミラーで髪を直して歯に何もはさまっていないかさっと確かめると、トビーは降りて、玄関ドアをノックした。短い金髪の女性がほがらかな笑顔で出迎えてくれた。

「はじめまして、トビー・バーロウです」

トビーは堂々と名乗った。

「ギデオン・エレリーさんと会う約束が」

「うん、入って入って」女性がスクリーンドアを大きく開いてくれた。「私はローレン。上司がセナ・マーデルなの。たしか彼女の妹があなたの……」

紹介者だ。

「ええそうです、ありがとうございます。ロンドンで、妹さんの子供をお世話しました。紹介状が必要な時はいつでもと言ってくれて……」

ローレンがますます笑顔になった。

「こっちだよ。紹介するから」

外観以上に家の中は美しかった。磨かれた木の床、白い壁、高い天井、金線模様の入ったオーダーメイドの木工細工。どれだけ金がかかっているか考えるのも怖い。

居間へ入っていくと、また別の女性がいた。黒髪、はにかんだ笑顔。

そしてカウチには、赤ん坊を抱いた男性が座っていた。

「彼女は私の妻のジルだよ」ローレンが紹介した。「ジル、こちらトビー・バーロウさん」

トビーは彼女と握手を交わした。この二人が同性愛者《クィア》だとわかってぐっと気が楽になる。お仲間がいる場所はありがたい。ニコッと陽気に笑いかけた。

「はじめまして、よろしく」

「こっちこそ」

「それと、これがギデオン」ローレンが付け加える。「と、赤ちゃんベンソン」

ギデオンは……ギデオンは、トビーの予想外だった。短い茶色の髪をしていて、『私立探偵マグナム』を演じたトム・セレック並みの口ひげをたくわえている。

口ひげ。マジで。

いい。これはアリだな。

そう思ったところで、トビーは別のことにも気がついた。

この男は憔悴しきっている。くたくただ。目の下には黒いくまが出ているし、少しむくんで、顔色まで悪い。こんなふうでもまだイケメンに見えるんだなあと、トビーは感心した。口ひげがあっても。

むしろ口ひげだな。

「はじめまして」

トビーは挨拶した。ギデオンは握手の手は出さない。もぞもぞする赤ん坊を抱っこして座っているのだからと、トビーは気にしなかった。

「ミルク作ってくるよ」と、ジルがキッチンへ向かった。

「座って少し話したら？」

ローレンが勧めて、トビーに椅子を示した。彼女自身はギデオンの隣に座って、励ますように笑いかけている。

「来てくれてありがとう」

ギデオンの声には、どこかざらりとした響きがあった。

道の混雑について雑談をしていると、やがてジルが哺乳瓶を持ってきたので、トビーはこのチャンスにとびついた。ギデオンに自分の経歴書をさし出す。

「取り替えましょう。あなたがぼくの経歴を確かめる間、ぼくがそのかわいいチキンナゲットを預かりますよ」

そう言いながらベンソンを抱き取った。ジルから哺乳瓶を受け取る。座って、トビーはベンソンにミルクを飲ませはじめた。

赤ん坊のくりっとした青い目が見上げてくる。黒くて長い睫毛、ピンクのほっぺた、ちょこんとした小さな鼻。

これまででも最高にかわいい赤ん坊だった。

トビーは顔を上げ、見物している大人たちを見回した。ジルとローレンは笑顔を返してくれたが、ギデオンは違った。書類を手にして座ったまま、トビーをまじまじと見ている。

「……チキンナゲット？」

ミルクを飲んでいる赤ん坊を見下ろして、トビーは満面の笑みになった。ベンソンが見上げながら、ボトルの乳首をくわえてきゃっきゃっと笑った。

トビーも笑ってうなずく。

「チキンナゲットです」

2

たしかに、トビーの経歴書は大したものだった。証明書はすべて最新だし、警察の無犯罪証明書も問題ない。経験豊富で、子ども発達学の学位もあり、当人は明るくほがらかで、要はギデオンが、これなら家に住まわせてもいいと思うような相手だった。

第一印象も上々だ。ネイビーのズボンと白いボタンダウンのシャツという小ぎれいな身なりで仕事もできそう。短いが整えられた黒髪、焦げ茶の目、見事な歯並び。

ベンソンを抱き上げ、ミルクを飲ませてゲップをさせ、機嫌よく笑わせている。その手際以上に……ベンソンに向けるトビーの笑顔。見るからに子供の扱いがうまい。そこに疑いはなかった。

だが、チキンナゲット？

彼はベンソンを「チキンナゲット」と呼んだのだ。

「ロンドンでは、最初の家族のところで二年間働いているな」

ギデオンはそう言ったが、それは何の質問でもなかった。

「そうです。二年の契約で、子供は三人。新生児、二歳、四歳でした。かわいかったですよ」

「セナの姪と甥だね」とローレンが口をはさんで、ちらっとギデオンをにらむ。

「そうです」トビーが口元を緩めた。「素敵な一家でした。ネリーは、契約が終わる直前に二歳になったんです。大好きな子たちですよ」

「その次の家族とは一年だけか」

ギデオンは経歴書の日付に目を落とした。

「そう、契約は十二ヵ月でしたけど、明確にしときましょう——十ヵ月でぼくから切り上げました」

「どうしてだ」

トビーがギデオンとまっすぐ目を合わせた。

「子供たちは素晴らしかったですよ。四歳と二歳。どえらくかわいらしくて。ただ両親が……そうですね、ぼくには無視できないようなことについて価値観の相違があったと、言っておきましょうか」

「ん？」

　ギデオンは首をかしげた。

「ええ」トビーが冷ややかに言う。「差別主義者だったんです。人種差別と同性愛嫌悪の二本立て。あーあ」

　顔をしかめて首を振った。

「価値観の相違そのものはアリですよ、そこまで文句はつけない。でも価値観の相違っていうのは、パクチーが許せないかどうかとかの話であって、人を人らしく扱うべきかどうかけそこには入らない。そんなのぼくは受け入れませんよ。つまるところ先方はかなり過激な信念をお持ちだったのに対し、ぼくは人間誰でもまともに扱われるべき教なので、当然あれ以上あそこでは働けませんでした。どうせ、帰国期限まで数ヵ月だったし」

　トビーは背中をのばすと、まだ膝の上でベンソンをぽむぽむと上下にあやしながら、強気な目でギデオンを見た。

「ぼくが契約を打ち切るような事態は、まずめったにありません。ここはあなたの家で、この子はあなたの子供で、常にそれが優先されますし、ぼくは雇われの身です。でも、偏見や差別は受け入れられない。問題ありますか？　もしあなたが、世界は白人とストレートのものだというタイプなら、これ以上無駄な時間を取っていただく必要はありません。まあ……」

　と、自分の顔のほうへ手を振る。「ぼくは白人ですけど。見てわかるように」

でもストレートではない？　ということか？

「あなたがパクチーを好きでもそれはかまいません」

トビーがさらにまくし立てた。いつもこんな調子なのか、それとも緊張すると口が止まらなくなるタイプなのか、どちらだろう。

「どうしてもと言われれば、パクチーを使った料理だって作ります。ただぼく自身は洗剤みたいな匂いのする食事はちょっと、ですけど。でもそのことで契約を反故にしたりはしません。ですがこの話が出たついでに、特に開示する義務のないことですが、あらかじめ言っておきたいのは、ぼくがキンゼイ・スケールだとスケール6だということです。この言い方が今時通じないなら、つまりは完全なゲイです。前回の二の舞いはごめんですからね」

ローレンが笑いすぎをこらえようと唇をぎゅっと締めたが、ジルはけらけら笑ってギデオンをつついた。

「通じている」ギデオンはむっつり言った。「それに、うむ、いいや、それは問題ない。俺のパートナー……」言葉を呑みこむ。「前の恋人《ボーイフレンド》は、そう言えばわかるだろうが、男性だ。だから、ああ、そこは問題ではない」

ギデオンのほうも、自分の性的指向を敬遠するベビーシッターがいるかもしれないとは思っていた。ベビーシッターもゲイだ、なんて可能性は浮かびもしなかった。このほうがずっと気楽だろう。ただし……。

「逆にきみにとってもそれが問題にはならない、と思いたいが」

膝でベンソンを優しくはずませながら、トビーが手を振った。

「まさかあ、ないですって」

ベビーシッターは契約上必ず、男性だろうが女性だろうが誰かを家に連れこむことは禁止されているから、その点は話し合う必要もない。トビーに異論があればこの仕事には就けない。

派遣会社ごしの契約はギデオンにとっても便利だが、この際問題点は洗い出しておこうと、ギデオンは口を開いた。

「契約内容について確認したいことは？」

トビーが首を振る。

「いいえ、どれも明解でした。派遣会社がどっち側にもしっかり対応してくれているし。ただ、元パートナーとの状況について聞いてもいいですか？」

ギデオンはさっと身構えていた。

「何のために」

「その人とは共同親権ですか？　週末に会うとか？　ぼくが把握しておくべき調停内容などあります？　契約書には何も書いてなくて」

それは――。

ローレンの笑みが消える。ジルは首を振っていたが、話はギデオンにさせてくれた。

「取り決めはない」ギデオンは答えた。「ドリューは俺たちを――俺とベンソンを置いて、一月半前に出ていった。それきりベンソンの顔を見たいとも言わないし、様子を聞いてもこない。一度もだ」

「レコードのコレクションを返せとは言ってきたけどね」と、ジルが言い捨てた。

トビーが顔をしかめる。「それはひどい」

この話題が出ただけで、ギデオンは衝動的にベンソンを守りたくなる。立ち上がって部屋を横切るとベンソンを抱き取り、ギュッと抱きしめ、頰に優しいキスをした。

「今は二人きりだな、うちのチビッ子」

トビーが彼らを笑顔で見上げる。

「でも、そのチビッ子ちゃんは完璧ですからね」

「チキンナゲットとしては？」ギデオンはつい言っていた。

予想外に笑って、トビーは立ち上がった。

「そのとおり！」

ローレンも立ち上がる。

「トビーに、彼が使う部屋を見せてあげたら」言ってから、すぐ言い足した。「お互い、契約するつもりならだけど」

そういえば、そこがまだだった。

「ああ、もちろん。こっちだ」ギデオンは答えた。「家には三つ寝室がある。俺が使っているのとベンソンの部屋、それに客室だ」

廊下に面したドアを開けて、ダブルベッドと作り付けの洋服ダンスがあるそこそこの広さの部屋を見せた。壁は白、ベッドカバーはネイビーで、ネイビー色の絵が三枚、額入りで壁に飾られている。

「いい部屋ですね」

トビーの声はやわらかだった。うれしそうだ。どうやら本音あけっ広げのタイプらしい。ベンソンを前にしてもそうだし、こうやって部屋を見てもそう、さらに前の雇用主への発言も。本音がわかりやすい点は、ギデオンにもありがたい。

「ロンドンで最後に住んだ部屋は靴箱サイズで。それも大人用じゃなくて、幼児向けの靴が入ってる箱がありますよね？　あんなんでしたよ」

ギデオンはつい口元をゆるめながらも、廊下を横切った。

「こっちが子供部屋だ」

トビーが中へ入り、くるりと向きを変えて、ギデオンとベンソンに輝くような笑顔を向けた。

「うっわあ、こんなかわいい子供部屋見たことない！」

ギデオンもまた笑顔になっていた。このところめったになかったことだ。

「ありがとう。理想どおりになるまで随分とかかったよ」

本当は少し違う。ドリューがテーマをなかなか承知しなくて、手間取ったのだ。ドリューはギデオンの提案がいちいち気に入らないようだった。テーマ、色、デザイン。

結局のところ、ドリューは様々なことがもう気に入らなかったのだ。

今となるとギデオンにもそれがよくわかる。

しまいにドリューは『くだらないテーマ』なんかどうでもいいと言い放ち、好きにしろと言った。だからギデオンは好きにしたのだった。

そして、どうやらドリューも自分の好きにした。部屋の飾り付けではない、あの男は何もしなかった。ドリューがしたかったのは、出ていくことだ。そのための相手を見つけること。まだギデオンには怒りがくすぶっていた。忌々《いまいま》しいし、腹が煮えたぎるようだ。自分が悲嘆の五段階をたどっているのなら、まさに順番どおり。嘆きの段階もあるし。六年間続いたパートナーを失い、夢見た家族は崩壊した。彼らの家庭が壊れた。この先一緒に築くつもりの人生が。

ドリューが憎かった。それでもまだ愛しているし、絶え間ない痛みの中で心が揺れている。今では怒りに溺れそうになるたび、そのエネルギーをベンソンのために使うようにしていた。わめいたり怒鳴ったりするかわりに、ベンソンに子守歌を歌い、いつも以上にたっぷり抱いてあやし、読み聞かせをした。自分の気を散らしてベンソンを楽しませることをしようと。だが加えて、自分がより良き父親になるために。二人分、良い父親になろうと。

全力で奮闘していたが、超人パパに足りない自分を責めはしなかったし、もちろんベンソンのせいだとも思っていない。赤ん坊には何の責任もないし、まあそもそも手がかかるものだ。ドリューのせいだとは思っている。百パーセントあいつが悪い。

「〈月までひとっとびするくらい大好き〉」

ベビーベッドの上に飾られた言い回しを、トビーが読み上げた。

ギデオンは、またベンソンの頬にキスをする。

「寝かしつける時、いつもこの子にそれを言っているんだ」と言った。「この明かりをつけて」と、チェストの上にある小さな箱型スイッチを押す。

室内が暗くなり、天井と壁に紫や青の光が渦巻いて、部屋中が銀河になった。

「毎晩、寝かせてこれを見せているんだよ。この子にお話を聞かせて、一緒に星を眺めている」

温かで優しい笑顔になったトビーが、ベンソンの腕をそっとくすぐった。

「パパさんのちびっちょ宇宙飛行士だ」

ギデオンは鼻から笑いを吐いた。

「まあチキンナゲットよりはいいかな」

トビーはニッとする。

「どっちにだってなれます。ぴよぴよチキン宇宙飛行士ナゲットならね」

ギデオンはまじまじとトビーを見た。

信じられない。さっきより悪化している。


ベンソンの子供部屋のあまりの愛らしさに、トビーは萌え死ぬかと思った。壁はコマドリの卵みたいな緑みの青で、部屋中に宇宙モチーフのステッカーが飾られていた。惑星、星、宇宙服。どこか『星の王子様』風味で、でも同じじゃない。輪郭線で描かれていて、とても今風でおしゃれだ。この部屋全体で、目の玉がとび出るような予算がかかったに違いない。

高級なベビーベッドの上には惑星が回るモビールが吊されて、内装テーマに合った、こっちはフルカラーの写真が額入りで飾られ、長い巻物風の枠に書かれた〈月までひとっとびするくらい大好き〉の言葉を、壁に飾られた星々が囲んでいた。どうやら夜中にミルクを飲ませる用に小さなソファまで完備されていたし、あの銀河の照明にはうっとりした。

インテリア雑誌から出てきたみたいな部屋だった。

ギデオンが契約を承知した時、トビーはびっくりしたのだった。何しろこの面接中、トビーはずっと一方的に言葉を垂れ流していたし、どう見てもギデオンは、子供にやたらニックネームをつけるトビーの癖に気を害していたようだったからだ。

でも、雇ってくれた。

そんなわけで、二日後、トビーはこの家に移り住んだ。

と言っても持ち物はスーツケース一つとキャリーバッグ、それにノートパソコンや私物が少々入ったバッグだけ。ここ数年、家具や日用品やらを必要としなかったのは、他人の家を渡り歩いてきた恩恵だ。

それともむしろ、残念ポイントだろうか。

知り合いは全員住むところを自分で借り、自分のものに囲まれている。

契約の頭や終わりに引っ越す時、トビーはあらためてそれを痛感させられるのだが、新しい暮らしに慣れればその気持ちも薄まっていくのだ。

荷物を解くと午前十時にはすべて片付け終わり、どうせなら初日のぎこちなさを乗りこえておこうと考えた。

リビングへ向かうと、ギデオンがキッチンをうろうろしているように見えた。トビーに気がついて立ち止まる。

「きみか。問題なく落ちつけたかな」

「ばっちりです」

「ベンソンはお昼寝中だ。夜は五時間寝て、午前二時くらいにおなかを空《す》かせて起きて、また四時間寝る。朝のミルクを飲んで、少し起きていてから短い朝寝をする。四十五分ほど」

ギデオンからクリアファイル入りの書類を渡された。

「とりあえずあの子の日課を書いておいた……まあ今の、ということだ。来週には変わっているかもしれない。むしろ確実に変わっているだろうな。明日にでも」

トビーはスケジュール表を受け取った。自力ですぐ把握できることではあるが、気配りはうれしい。

「どうも。ありがたいです」

「そこに家のこともまとめておいた」ギデオンが付け足した。「ルールなどではなく。防犯システムのコード番号、ゴミ回収日、w-i-f-iとネットフリックスのパスワードとか、そういうものだ」

「ああ、それは助かります。どうも」

「見落としがないといいんだが」

あまりにギデオンが緊張していて、ぎゅっと抱きしめてあげたくなるくらいだった。

「コーヒーか紅茶を淹れましょうか」

トビーは申し出る。

「ぼくもキッチンに慣れたいし、お茶飲みながら一緒に座って、食事の献立と買い物の打ち合わせをしましょうよ」

返事を待たずにやかんに水を入れ、二つ目に開けた戸棚で首尾よくマグカップを見つけた。

「コーヒーと紅茶、どっちにします？　ぼくはここのとこ紅茶よりですかね。前は浴びるようにコーヒーを飲んでたけど、イギリス暮らしでいつの間にか紅茶党に」

「いや……」

ギデオンはためらったが、どちらにせよトビーが勝手に茶を入れると悟ったようだ。「紅茶をもらおう、よければ」

トビーがこれをする目的が、まさにこういうことだ。この家に住むのなら腰を据えて生活したい。もちろん相手は尊重した上でだ。お茶を淹れてその家でくつろげる、そこがトビーには大事だった。それに、大体はこれで相手家族の緊張もほぐせる。

二人がそれぞれのカップを前にダイニングテーブルに着くと、トビーは携帯電話を取り出した。

「じゃ、大体の食事の予定を立てて、買い物リストを作りましょう」

「いやいや、そんな、そこまでしてもらわなくていい。俺がやる」とギデオンが言った。

トビーは溜息をぐっとこらえた。ギデオンには、気長に対応しなくては。ベビーシッターを雇うのも初めてなのだし。仕切りたがりなわけでもないだろう。きっと人まかせにするのが心苦しいのだ。

「全然かまいませんよ」

トビーはほがらかに言った。

「これが仕事ですから。料理、掃除、洗濯とね。必要とあらば何だって。そりゃ、ベンソンがいつでも最優先なので、あの子が一日へちょへちょだったら、晩ごはんはスープの缶詰とトーストトサンドイッチだけになりますけど」

ギデオンがやっと微笑のような表情になる。それにしてもクタクタに見えた。

「ぼくは野菜のパスタと茄で鶏が作れますよ。カレーも得意です」トビーは確認した。「何かアレルギーはありますか？」

ギデオンが首を振る。「いや、何も」

「苦手な食べ物は？　あと好物は？」

「パクチー」と、お茶を飲む。

トビーはニヤッとした。

「苦手、好物、どっちです？」

この間は何も言ってなかったが。

「疑問の余地なく、妥協の余地もなく、嫌いだ」

「よかったあ」はあっと息をつく。「あれはひどい代物《しろもの》ですよ。ってかあれとケールのどっちに最悪の栄冠を授けたらいいかは迷いますね。金メダルを分け合ってほしい」

「ケールは好きだが」

トビーはわざとらしく息を呑んだ。「信じられないいぃ！」

「人権侵害より重罪かな？」

トビーは目を細めてギデオンを眺めた。

「はるかに軽い罪ですけど、重罪化を請願してもいいくらいですね」

「そうかもな」

ギデオンが微笑のような表情になる。

彼をあと少しで笑顔にできそうだと、トビーはうれしくなる。ギデオンは見るからに警戒心が強く、疲労困憊し、生々しい心の痛みをかかえている。パートナーが彼を──いや彼とベンソンを捨てていったのだから。ベンソンがたった生後六週間の時に。

今この瞬間、この場で、ダイニングテーブルを囲んで紅茶を飲みながらトビーは、ギデオンの暮らしを照らすためにできることは何でもしようと心に誓った。

「今日は仕事はないんですか？」

ギデオンの顔がこわばる。

「いや、その……初日だから、家にいようかと」

トビーはうなずいた。

「ベンソンを他人に預けるのだから、不安や心配があるのはとっても自然なことです。かまいませんよ。心配されないほうが、ぼくとしては心配なくらいです」

ゆっくり息を吸ったギデオンが、その息を吐き出すと、手の中でマグを回して小さくうなずいた。

トビーは手をのばして、ギデオンの二の腕をぎゅっとつかむ。

「あなたは、立派なパパですよ」

さっとトビーを見たギデオンの目は、感情が満ちた深い灰色だった。

「ありがとう」

トビーは手持ちの中で最上級のキラキラ笑顔を返した。それから携帯電話の画面をタップする。

「じゃ、買い物リストを作りましょ。それでベンソンが目を覚ましたら、公園までお散歩に行って、お互いにもっと慣れましょう。帰ってきたら全員でごはんにして、その後あなたとベンソンはお昼寝タイム、ぼくはスーパーに出かけて夕食の材料を買ってくる、と」

ギデオンから、二つ目の頭でも生えたかのように目を見張って凝視され、トビーはますます笑顔になった。

「夕食は、鶏肉のグリルとサラダでどうですか？」

3

トビーのことをどう受け止めていいのか、ギデオンにはわからなかった。てきぱきしているのは間違いない。リスト好きでもある――ToDoリスト、買い物リスト、献立表、スケジュール。だがそれだけではない。そのすべてを、トビーは軽やかに、楽しそうにやってのけていた。ベンソンが目を覚ますと、トビーは赤ん坊に着替えをさせ、ベビーバッグに荷物を詰めて、さっさとベビーカーに全部のっけ、ギデオンを家から追い出した。すべてニコニコと、歌を口ずさみながら。

まるで流れるように。

ギデオンには、ベンソンをつれて外出するのが苦痛の日もあった。たかがスーパーに行くために赤ん坊の生活をすべてバッグに詰めて、なのに二十分も経つとベンソンがいきなりミルクをほしがったりして……あまりにも手間がかかりすぎて、家にこもっていたほうが正直楽だった。

なのに、トビーにかかれば何の苦でもない。ハミングしながら笑顔で六つの作業を一度にこなし、その間ギデオンはやっと靴を履く余力しか絞り出せない。

トビーがベビーカーと玄関ポーチでニコニコと待つ間、ギデオンは鍵をつかんで戸締まりをして、それから一行は公園へ向かった。

公園に足を向けたのがいつ以来か、ギデオンには記憶がなかった。通りのほんの先、たかが一ブロックのところだというのに、そんな気力すらなかったのだ。行くつもりはあった、ベンソンが来る前に二人で――いや違う、ギデオン一人で――色々な計画を立てていた。家族らしいことをあれこれやろうと。公園への散歩、動物園へのお出かけ、祝日……。

現実は、たかがスーパーにすら行けなかった。

――トビーが来るまでは。

「このあたりの町並みは素敵ですね」

トビーがしゃべりながらベビーカーを押した。一体、その顔から笑みが消えることはあるのだろうかと、ギデオンは思う。

「空がこんなに青いなんて忘れてましたよ。イギリスに三年もいたから、もう空は灰色だろって気分になっちゃって」

ギデオンに返事の隙すらほとんど与えなかった。気まずい沈黙を避けたいのか、いつも際限なくしゃべるだけなのかはわからないが、とにかくひたすらしゃべりつづけている。

「わあ木がいっぱい！　はー、すっごい。いいところだなあ。どれもモートン・ベイ・イチジクの木です？　めっちゃでっかくて木陰がたくさんだ」

公園まで一方的にしゃべり倒したトビーだったが、ギデオンは何も気にしなかった。意味のある会話ができる脳は残っていなかったし、だから、一言二言の相槌で足りるのはありがたい。

トビーのほうも気にしていないようだ。むしろ気付いてもなさそうだった。日陰の芝生に毛布を広げるとベビーカーから抱き上げたベンソンをその中心に優しく下ろし、色鮮やかなイモムシのオモチャを与えて遊ばせた。

ベンソンははしゃいで小さな足を蹴り上げ、ぶーばーと何か言っている。もっと早くつれてくるんだったと、ギデオンは見ながら悔やんだ。

トビーは足を投げ出して座り、ベンソンの横の毛布をポンと叩いた。まるで太陽そのもののように見上げてきた彼を、ギデオンは心底、嫌いになりたかった。

トビーをバカにできたらどんなによかったか。その態度、前向きさ、消えない笑顔、キラキラした目。ギデオンの内なる悲観主義者はそれを見下し、浮かれた楽観主義に小言を言いたがっている。何でも楽々こなすトビーを憎みたがっている。

だが、できなかった。

この太陽のぬくもりの前では。その前向きな輝きを前にしては。ギデオンはトビーのことをほとんど知らないが、彼の笑顔にはギデオンを一瞬釘付けにするものがあった。

だから、ギデオンは腰を下ろした。外の爽やかな空気に包まれて。こういうものの存在を、ほとんど忘れかけていた。

「散歩につれてきてくれてありがとう」と伝えた。

トビーはうれしそうな息で微笑み、公園を眺めた。その横顔を見ながらギデオンは、忌々しいがかわいい顔だと考えていた。

「お安い御用ですよ」トビーがのどかな笑顔でギデオンを見た。「気に入ってくれてよかった。

これからはしょっちゅうやりますからね」

『意味がわからねえぞ、私立探偵マグナムなみのイケメンって何だそれ』

トビーは携帯電話を逆の耳に当て直しながら、ショッピングカートを操った。いつものごとく車輪が駄目なやつに当たってしまった。

「意味は、」ひそひそと兄に言い返す。「あの人が私立探偵マグナムなみにイケてるってことだよ。そんな難しいこと言ってないだろ、ジョシュ」

『新しいバージョンか古いのか？』

「リメイクされてんの？」

『つまり昔のやつか。ジジイの』

トビーは足を止めた。まだ果物と野菜エリアすらすんでいない。

「ジジイじゃない」

『いやいや、オリジナルのマグナムはジジイだろうがよ、トブっち。まさかジジ専か、お前？』

「ジジイはどうでもいいってば」

トビーはぴしゃりと言い返した。セロリを選んでいた老婦人の唖然とした顔へ、仕方なく笑顔を返す。果物コーナーへ進んだ。

「トム・セレックは、私立探偵マグナムをやった時にそんな年齢《トシ》じゃなかったし。めちゃめちゃイケてた」

『今ググってる』ジョシュが言った。キーボードの音が聞こえる。『おおー。この短パン、マジ短えな。俺はゲイじゃねえけど、こりゃ……新しいボスもこんな短パンか？』

「短パンって……」トビーはぶつくさ言った。「ひげだろ、まず言うべきは。いーや、こんな短パンじゃない。そうでもお断りはしないけどさ。ぼくとしては」

ジョシュが笑った。

『花柄シャツと胸毛はどうだよ？　新ボスもそいつを装備済み？』

「今んとこ見てないよ」オレンジを一袋取って、トビーは考え直す。「見る気もないし」

笑われた。

桃とリンゴも足して果物コーナーを後にすると、パンの棚へ移った。

『見たいくせに』

「まさか。不適切だし。雇い主だし、今日は要するにぼくの初日なんだぞ、ちょっと誰かに話したかっただけだよ」

『面接の時はそんなこと何も言ってなかったろ。向こうはいい人そうだけど疲れ切ってるとかだけで。八十年代のエロカリスマだなんて聞いてない』

トビーは鼻を鳴らした。

「意識しないようにしてたんだよ。そうそう、疲れてたから、もうさっさとすませて帰らないと。二人をお昼寝させてきてるから。グズグズする暇はないし、そっちだって仕事だろ」

『お前から電話してきたんだろうが。俺はちゃんとお仕事中だよ。お前が仕事中にかけてきたんだ。なあその買い物、どう払うんだ？　クレカ渡されてんのか？』

「専用のチャージカード発行してくれたよ。経費は全部そこから払う」トビーは隣の通路にさっさと進んだ。「まったく、どうしてスーパーって棚の配置を変えたがるんだろ？　三年いなかっただけで何も見つからない」

ジョシュがからからと笑った。

『楽しんでるみたいだな。お前が休みの時にまた色々と聞かせろよ。夕飯か何か食いながらさ』

「いいね」

『オーストラリアにおかえり、弟くん』

ジョシュからそう呼ばれるのはムカつくが、帰国は悪くなかった。家族に会いたかったたし。

イラッとしながらも笑顔になる。

「うん、ただいま。ああもうケチャップマニスソースは一体どこなんだ畜生が」

笑い声とともに通話は切れた。上等だ。顔を上げると店員とバチッと目が合っていた。箱でいっぱいのケージを押している店員で、汚い言葉をとがめられるかと思ったが、違った。店員は単に一つうなずいた。

「五番通路に」

五番通路？

ああ、ソース。

「ありがとう！」

家にトビーが帰ってもベンソンはまだお昼寝中だったし、ギデオンもろくに目が開かない。このカウチでちゃんと寝られたかは知らないが、十分間のまどろみだけでもゼロよりましだ。

ギデオンの目の下には見事なくまが居座っている。

トビーがキッチンの長椅子にトートバッグを二つ置くと、ギデオンがたちまち片付けを手伝いに来た。

「のんびりしててくださいよ」トビーはうながす。「ぼくだけで大丈夫です」

「ベンソンがもう起きるから」

「起きたらぼくが見ますよ」

大丈夫だと笑顔で伝える。どんな親でも、まず一歩引く、その最初の一歩が難しい。

「紅茶淹《い》れましょうか、その間にベンソンの夜の習慣を教えてもらえます？　お風呂、晩ごはん、読み聞かせタイムとか」

ギデオンがすっかりまごまごしているうちにトビーは彼をテーブルに着かせて、淹れたての紅茶を出した。ベンソンとの夜のすごし方を聞き出しながら買い物を残らず片付ける。さして経たないうちにベンソンが目を覚ました。

「つれてきますよ」とトビーは、ギデオンに立つ隙を与えずキッチンを出た。

ぐずっていたベンソンは、トビーを見るなりニコニコになった。

「このぴよぴよチキンナゲットは、ぼくを見た途端にオリから出られるって思っちゃって」

トビーはそう言いながら赤ん坊を優しくギデオンに渡した。

「ほら、ダディのところへお行き、ぼくはミルクの準備をするから」

「えーと、俺は、ダッダと」と、ギデオンがそっと言う。

ダッダ。よし、了解。

ベンソンを受け取った瞬間、ギデオンの様子ががらりと変わった。顔中に愛があふれる。銀河中の何より素晴らしいもののようにベンソンを抱いて、心からの畏敬と感嘆をこめて見下ろした。

一目でわかるほど、ベンソンはギデオンにとってすべてで、その光景にトビーの心がぬくぬくと温まった。まだたった一日目ではあるけれど、ここはとてもいい職場だと思う。

4

あまりにもうまく回っていて、ギデオンには信じられないほどだった。トビーが来てくれてどれほど楽になったことか。暮らしが変わるだろうと心配していたし、ぎくしゃくしたり厄介ごとが起きるだろうと身構えてもいたが、一週目はただ平穏にすぎていった。

初日の夜、トビーはボロネーゼのパスタを作った。派手ではないが美味しい一皿。もともとチキンとサラダを予定していたが、結局パスタにしたのだ。そして炭水化物たっぷりのまともな食事を久々にたらふく食べたギデオンは、そのおかげで深々とぐっすり眠ったのだった。パスタにしたトビーの狙いどおりだったに違いない。

いつ眠ったのかすら記憶になかった。ベッドにどうやって入ったのかも。電気を消して、そのまま沈没した。トビーからは最初の何日かはギデオンの足りていない睡眠を補うために夜はまかせろと言われていたし、ギデオンは承知したが、どうせベンソンが起きれば自分も起きると思っていた。

何も気がつかなかった。

朝六時にぎょっと起きて、夜のうちに惨事が起きていないかとあわてたが、行ってみると笑顔のトビーがベンソンにミルクを飲ませているだけだった。

起き抜けで、もさもさで、疲れているのに、どうしてそんな笑顔でいられる？

「申し訳ない。泣き声が全然聞こえなかった。二時に起きたのかな？」

頭をすっきりさせようと、ギデオンは顔をこすった。

「信じられない。聞き逃したことなんてこれまでなかったのに」

「いいんです」

トビーは何てことないようにニコッとした。ベンソンにミルクを飲ませ、服を替え、朝食をこしらえると、ギデオンが出勤する時には床に這ってベンソンと遊んでいた。

この初日、こんなに家を出るのがつらかったことはない。

十時に家に電話し、午後一時にも、四時にも電話した。もちろん、毎回何事もなかった。後ろでうれしそうに騒ぐベンソンの声がしていたし、もっとよく聞こえるようにとトビーが近くに電話を置いてくれた。

二日目も、つらさは変わらなかった。

三日目、午後一時の電話にトビーは出なかった。延々と呼出音が鳴って、ギデオンの不安が成層圏突破レベルに高まる。帰ろうと半ば荷物をまとめた頃に、携帯電話がビデオ通話《FaceTime》の通知音を鳴らした。

画面に、ベンソンの幸せそうな顔が映る。お気に入りのイモムシのオモチャをかじっていた。トビーがよく広げる毛布の上に寝そべっていた。

『ダッダにごあいさつしよう?』と、トビーが見えないところから言う。

当然ベンソンは何も言わなかったが、ギデオンはほっとしたあまり涙ぐみそうになっていた。

「うちのちっちゃい坊やだ」と、やっと絞り出す。

ひょいとトビーが顔を出した。

『ビデオ通話のほうがいいかと思って。仕事の邪魔でなければいいんですが。電話をかけてきたということは今は大丈夫だろうと。ただ、先にオムツを替えないとならなくて』

「まったくかまわないよ」

ギデオンの心は……幸せで満ちあふれていた。もう長いこと感じていなかった幸せだ。いや無論、ベンソンといる時は幸せだったが。だがこんな喜びではなかった。そう、喜び。

「というか、とてもうれしいよ」

『なら毎日、一時にやりましょう』と、トビーが宣言した。

そんなわけで、そういうことになった。

ギデオンの毎日の、まさにハイライト。いや帰宅して彼に気付いたベンソンの笑顔に出迎えられたり、疲れる一日の後での最初の抱っこはまた格別だが。寝る前の抱っこや、読み聞かせの時、優しくおだやかなギデオンの語りにベンソンの瞼がだんだんと重くなってくる時間も。

あれもまたハイライト。

金曜日、一時の昼食休憩前にオフィスのドアが軽くノックされた。ローレンの頭がひょいとのぞく。

「どーも、ご無沙汰じゃないの」と言われた。「前を通ってね、じゃあ昼食でもどうかなって」

「もちろんいいよ。ただ十分待ってもらえるかい？　今から大事な通話が来るから」

ローレンがドアのほうへ下がる。

「ならまた後で――」

「いや、いてくれ」

手招きして呼んだ時、ちょうど通話が入った。ギデオンが出ると、ぽっちゃりしたベンソンの笑顔が表示された。

『たった今お目覚めになったばかりの子はだーれだ』トビーの声が言った。『ダッダにごあいさつしよ？』

ベンソンが口に拳をくわえて、もごもごと何か言った。

ギデオンの胸はうれしさではちきれそうだ。

「うちのかわいい子はどうしてたかな？」

ベンソンの顔を画面に映したまま、トビーの声が答えた。

『ダッダに言ってあげようよ、ボクは世界のどんなナッギーにも負けない立派なチッキーナッギーだってね！』

もう何のこだわりもなく、ギデオンは微笑んだ。彼の腕に手をのせたローレンの笑顔も温かい。通話が終わると、彼女はギデオンの肩を叩いた。

「ランチをおごるよ」

あれこれ質問攻めにされる覚悟はあったが、二人でカフェに落ちついてギデオンがサンドイッチを半分食べ終えるまでローレンは待ってくれた。

「じゃあトビーとはうまくいってるんだね？」

そう切り出してくる。質問であって質問ではない。

ギデオンはコーヒーを一口飲み、息をついた。

「彼は神の使いだよ。紹介してくれたきみとジルには、本当に感謝しきれない」

ローレンが慈愛の笑みを向けた。

「ちゃんと眠れてるようだしね」

ギデオンは笑いそうになった。

「トビーがな、今週は自分が夜の係をやるって。契約にはそこまで入ってないんだが、あっちから申し出てくれたし、どうやら俺を休ませないとって思ったんだろう」

「そりゃね。今にもぶっ倒れそうだったもん」

「何日かよく眠れたから、世界も相手にできそうな気分だよ」

またコーヒーを飲む。

「少なくとも、毎日朦朧としたまま乗り切るようなことはなくなった。十分だ。その上、トビーが俺にまで飯を作ってくれるんだ。毎晩ちゃんとした夕食をだ。人間に戻れた気分だよ。しかもベンソンとすごす時間も……何て言うかな、その時間を楽しめるようになったんだ。変なことを言っていると思うだろうが、トビーが来るまで、俺にとっては何もかも努力してやることだった。それが今では、細かいことを気にせず、ベンソンとの時間だけを楽しめる。しかも、倒れかけのフラフラではなくね」

と、肩をすくめた。

ローレンが、じっくりとギデオンを見つめた。

「顔色がよくなったよ、ギデオン。不安だっただろうけど、うまくいって本当によかった」

それから思わせぶりに付け加える。

「どうやらまだチキンナゲットのニックネームを使ってるみたいだし？」

ギデオンは鼻を鳴らした。

「今じゃチッキーナッギーだ」むしろ自分にあきれて首を振る。「まだ気に障るかどうか判断中だよ」

ローレンが唇の内側を噛む。

「あんな笑顔になっちゃって、気に食わないわけないのにさ」

「勝てる隙を探してるんだよ」

いくらかランチに手をつけてから、ローレンは天気の話でもするような調子でぽんと言った。

「あの子かわいいしねえ。じゃない？」

ギデオンは彼女とまっすぐ目を合わせる。

「いいや。いやそうではなく、ああ、たしかに。トビーは……まあ、そうだな。だが駄目だ。そんなこと考えないでくれ。俺にはそういうつもりはないんだ。ほかの男なんかは、もう。この先ずっと無理かもな。ましてや、俺の人生にまさに救いの手を差しのべてくれた相手だ」

ローレンが片手を上げた。

「ただの感想だってば」

それ以上言いたいところを、ギデオンはこらえた。過剰反応は後ろめたいからだ、という言葉が脳裏をよぎったような——だから黙る。トビーがかわいいのは、認識していたし。トビーが心優しくて愉快で、ベンソンの扱いがとても上手なこともだ。

そしてたしかに、そう、一、二度ばかりついトビーを見つめてしまっていた、そんな自覚もある。だがまだ破れた心がうずいている。ドリューがギデオンの心に開けていった穴は永遠に癒える気がしないし、トビーは救いの天使だ。ただそれだけ。

それだけでしかない。

あっという間に二週間がとび去った。

慣れるのに大した苦労はしていないと、トビーも認めるしかない。美しい家、かわいい赤ん坊、爽快な空。三年間のイギリス暮らしで恋しくなっていた太陽。シドニーの春は最高だ。

家族、とりわけ両親と兄との再会は待ちわびたものだったが、イタリア系にありがちな大家族だから、何年も会っていない親戚がまだたくさんいるのだ。母親の手料理にもすっかり飢えていたので、一族勢揃いの庭バーベキュー――おじ、おば、いとこたち揃い踏み――は初の土曜休みをすごすのに最高の場だった。裏のパティオでテーブルを囲み、皆とビールを飲み交わすうららかな午後はたまらない。

「二週間ぶりの休みとは」叔父に言われた。「ちょっと厳しくないか？　今度の雇い主にこき使われているんじゃないだろうな」

「いや、全然」トビーは返事をした。「なりたてのシングルファーザーで、パートナーが出ていってからフルタイムで働きながら全部一人でこなそうとしてたんだよ。見せてあげたかった、今にも倒れそうでさ」

「ああ、あたしにもそんな頃があったわ」叔母が口をはさむ。「大変なんてもんじゃなかった。それを一人でかい？　そりゃかわいそうに」

トビーはうなずいた。

「先週、週末休みのはずだったんだけど、実のところすごくいい感じに回り出したところでさ、雇い主もようやくまともな睡眠が取れてたし、だから家に残ったほうがいいと思って。なじむまで時間がかかるのは普通だから、全然かまわないし。それに、あそこの赤ん坊を見せてあげたいよ！　見たことないってくらいかわいいんだから。三ヵ月で、目がくりっとしてて、特大の笑顔で」

それに父親の姿も見せてあげたい……。

「雇い主がどんな見た目なのかみんなに言ってやれよ」と、ジョシュがニヤニヤしながら、まるでトビーの心を読んだかのように言った。

トビーはあきれ顔をしたが、全員が彼の発言を待っていた。

「……彼は、私立探偵マグナムに似てない、こともない。その、トム・セレックみたいな口ひげがあるんだよ。一九八〇年代の私立探偵マグナム役の」

「あらら、イケてるぅ」ジジがはしゃいだ声を上げた。トビーより年上のいとこで、姉のような存在だ。「しかも独り身なんでしょ？」

「雇い主だってば」と、トビーは首を振る。

「あんたの話じゃないって、誰でも仕留められるかわいいゲイボーイ」と言い返された。「あたしの話よ。永遠の彼氏なし。もうずーっと干上がってるったら」

全員が笑って、トビーは後ろにもたれると、家族同士の軽口の応酬を心から楽しんだ。その間も母が全員の腹が破裂しそうなほど料理を振る舞い、父から「もう座ってゆっくりしろ」と言われていた。

この空気がなつかしい。帰ってこられて本当に幸せだった。

気がつけば時間を確認し、ベンソンはもう起きただろうかとか、ミルクは飲んだかとか、お昼寝をしているだろうかとか気を揉んでいたけれど。

ギデオンは大丈夫だろうか、とも。

ギデオンだけで十分やれるのはよくわかっている。トビー抜きで無事こなせることは。睡眠も足りたことだし。

だがそれでも気にかかる。胸がざわつく。

メッセージを送って確かめたいと何十回も思った——電話すらかけたいくらいだ。だが、こらえた。ギデオンがうまくやっているだろうし、ベンソンは心配ない。六週間、ギデオンだけで回してきたのだし、これまでだってトビーのいない週末はあったはずだ。

ギデオン自身が己を失格だと見なしていたとしても、そんなことは全然ないのだ。見事に父親をやってきたし、もしここでトビーが確認の電話をすればそれを疑っているように見えるだろう。

だから、メッセージも、通話も我慢した。

日曜の午後までは。

六時くらいに帰ります。途中で夕食を買っていきましょうか？

送ってすぐ、ギデオンなら「大丈夫だから、そんなことまでしてもらわなくても」とか、その手のお断りをよこすだろうと気付いた。

なので先手を打って次を送った。

タイ料理にしますね。じゃ、六時に。

少々強引。だが、こちらでさっさと決めたほうがギデオンの反応がよく、流されやすいとトビーは学習していた。そうでもしないとギデオンは、人まかせにするのは申し訳ないと自分ですべてかかえこむだけだ。

流されるくらいでちょうどいいのだと、トビーは思う。過剰なストレスと睡眠不足で、細かいことに割く余力も勿体《もったい》ないし。

だから、夕食はタイ料理。

六時少し前に、トビーはギデオンの家に入った。リビングには誰もいなかったが、廊下の奥から優しい歌声と水音が聞こえた。ベンソンを風呂に入れながらギデオンが歌っているのだ。

ちゃんとした歌ではない、明るく適当なメロディが、トビーの胸を予期せぬ温かさで包む。そこに立って、少しの間、ただ耳を傾けた。

「ぼくですよ」

トビーはそっと声をかけた。邪魔はしたくないが、びっくりさせたくもない。

少しして、風呂上がりでタオルに巻かれたベンソンを腕に抱いてギデオンが現れた。ベンソンの黒髪はまだ濡れていて、ぷくぷくした頰が笑っている。

トビーは赤ん坊をくすぐるふりをした。

「おっと、この坊っちゃんはまた、チッキーナッギーブリトーなみにぐるぐる巻きで」

ギデオンが溜息をついたが、少し微笑んでもいた。

「チキンナゲットブリトー？」

「とびきりかわいいやつですよ」トビーはニッコリした。タイ料理のテイクアウトを持ち上げる。「晩ごはんです！」

「ブリトーにパジャマを着せてくるよ」

ギデオンがあきれ顔で言った。

それにトビーは笑って、皿を出してテーブルに並べ、水のグラスを二つ出した頃にはギデオンがベンソンをスイングチェアに座らせ、大好きなイモムシのオモチャを与えていた。

トビーは椅子に座って、料理を皿に盛った。

「何が好きか知らないから色々買って、一緒につまもうと思ったんです。残ったら明日職場に持っていってもいいですよ。とりあえず、パクチー抜き、辛さ控えめでたのんでありますし」

顔を上げるとギデオンにじっと見つめられていた。ギデオンが、物思いから醒めたようにまばたきする。

「十分だ、ありがとう。ここまでしてもらわなくてもよかったんだよ。自分で何か作れるし、配達でもいいし」

「そう言うと思ったから」

トビーは言いながらチキンにかぶりついた。「買っていくって、追加のメッセージを送ったんです」とフォークでガパオライスを指す。「これ美味しいですよ」

ギデオンは味見して微笑み、うなずいた。

「きみは押しが強いって言われるだろう？」

「しょっちゅうですね」

トビーは口にライスを詰めこみながらニマッとした。

沈黙の中で、二人はしばらく食事を続ける。

「で……」ギデオンが言った。「家族には会えたんだろう？」

「全員にね」とトビーは答える。「おばさん、おじさん、いとこたち。ママが、一族郎党に号令をかけて、一度にみんなと会えるようにしてくれて。イタリア系なんで大家族なんです。やかましくて、怒鳴り合ったり大声で話をかき消しあったりして、料理は山盛り、愛情表現も山盛り」

　ギデオンの目元が和らいだ。

「聞いているだけで楽しそうだよ」

「あなたは？」

　トビーは聞き返した。家族の話はほとんどしていない。というか、ほぼベンソンの話しかしていなかった。「家族は大勢ですか？」

　ギデオンが首を振った。

「九歳の時に両親を亡くしてね。兄妹で祖母に引き取られた。渋々ではあったけど、それでも引き取ってくれたんだ。今さらまた子供二人の面倒を見るのは嫌だったようだ。その祖母も、十年ほど前に他界した。だからもう俺と妹だけだ。この妹が、ベンソンの実の母親だよ。兄妹の仲もあまりよくなかった。妹の子供を引き取っておきながら、変に聞こえるだろうけどね。だが妹は、どこの誰だろうと子供を養子に出す気だったから。俺には家族と呼べる相手がほとんどいないし……」

　トビーは微笑んだ。「妹さんは、自分と子供のために正しい選択をしたんですね」

　ギデオンは溜息をついて、うなずいた。

「妹はその後すぐメルボルンに引っ越して、近況も連絡もいらないと言われた。そのほうが全員楽だろう、と言ってた。そうかもしれない。もうわからないよ」

「そんなの楽なわけはないですよ」

聞いて悪いことをしたと、トビーは後悔した。もう夕食にもあまり食欲を感じない。

「いや、その……」何と言っていいかわからない。「すみません」

ギデオンはパネーンカレーを何口か食べ、テーブルナプキンで口元を拭いた。

「もともと、子供の頃から仲良くはなかったんだ。俺は年上だったが、両親の死は全員にとってショックだった。別に妹を嫌いとかではないよ。単に距離があっただけだ。俺は大学に入って、妹には連絡を取ったり金を送ったりしていたが、何しろ向こうは気分屋の十代で、トラブル続きだし、まあ色々と。俺は大学を出てシティで就職したが、妹は高校を卒業したら音信不通になった」

それはまた。

トビーの想像を超えた世界だ。彼はイタリア系オーストラリア移民の三代目で、家族こそすべて。

雰囲気を明るくしようとした。

「じゃあ今は家族が増えましたね」

イモムシに向かって何か言いながら小さな足を蹴り上げるベンソンのほうへ、うなずいてみせる。

ギデオンが笑顔になって子供を眺めた。

「そうだな。二人きりの家族だ」

「二人の軍団。世界だって征服できますよ」

「二週間前ならそんなこと聞いても笑いとばすか、泣いてしまっていたかもな。でも今はずっと気分がいいから。この二人の軍団は、公園までなら進軍できそうだよ」

そこで情けない顔になる。

「まったく。二週間前にはそれすらできなかったんだ」

「この週末は公園に行きました？」

ギデオンが顔をしかめる。

「いや。ベビーカーで家の周りを回って、何回か裏庭につれていって木を見せたよ。あの子は緑が好きみたいだ」

「素敵な週末じゃないですか」

「でも公園じゃない」

「いいんですよ。庭があるんだし」

たしかに広くはないけれど、トビーがロンドンで暮らしたバルコニーもない部屋からすればまるで王立公園だ。

「ベンソンにはまだ区別がつかないと思いますしね。公園のブランコやジャングルジムに気がつくまでですけど。そしたら、公園に行かされますよ」

ギデオンが微笑を浮かべた。

「きみは、本当に子供の相手が自然だ」

「それはですねえ。大家族で、年下のいとこたちの面倒を見てきましたから。ぼくは八歳にして幼児たちの大隊長に任命されてたんですよ」

ギデオンがハハッと笑う。「きみは何にも動じない」

トビーは肩をすくめて、さらに鶏肉とライスを食べた。

「じゃあ一つ教えますけど、冷たい意味で言っているわけじゃなくて、ただこれは、ぼくの仕事なんです」

ギデオンの肩がこわばったので、トビーはきちんと説明しにかかった。

「誤解しないでくださいよ、こういうことです――あなたは仕事で何をしています？　財務とかクライアントの相手、分析、市場、金利、ぼくにはちんぷんかんぷんのことばかりですよね。その上、これだ」

部屋を手で示した。

「この家、住宅ローン、生活費。そこに加えて、頭のかなりの部分でベンソンをいつも気にかけている。毎日毎分毎秒、ずっと。あなたはそれを全部同時進行しているわけですが、その間、ぼくは何を考えて何をしてると思います？」

ギデオンが肩を揺らした。

「ベンソンです」トビーは続けた。「あの子のことだけだ。まあ、それと多少あなたのこともね。でもほとんどはベンソンのこと。それで全部です。あの子がミルクを飲んだか、楽しくすごせているか。そりゃ当然そこまで単純ではないですけど。でも伝わりました？　ぼくの仕事は、それだけなんです。ぼくが一日洗濯をサボったところで一大事が起きるわけじゃなし」

水を飲む。

「あなたはどの瞬間だろうと、いくつもボールをお手玉してる。その間、ぼくはここで『はらぺこあおむし』を読みながら『きらきら星』を歌ってるわけですよ」

ギデオンが彼を凝視していた。

「自分にあまり厳しくすることはないと思いますよ」トビーは優しく語りかけた。「あなたは立派にやってます。ここでもう一つ秘密を教えてあげましょう。ピカイチのやつをね」

「秘密？」

「どんな親も、訳がわからないままやってるんですよ。どこの誰だろうと、みんな」

トビーはギデオンを見つめ返した。

「五人も六人も子供がいる親だってそうなんです。いくらかコツがつかめてきた気がした頃に、いきなりカーブボールが飛んできて何もかもが粉々になる。説明書なんてないし、子供は一人ひとりで全然違う。世界中の啓蒙書を読んだって、実際に何が起きるかは書いてない」

ギデオンの顔は納得しきっていない。

「本当ですよ」と、トビーは付け加えた。「間違いない」

「と、いうことは？　誰もが振り回されながらやってるのか？　俺だけじゃなく？」

トビーはふふっと笑った。

「どこのどんな親でもです。十人の親に聞けば、まず十通りのアドバイスが返ってきますよ。そりゃ、一部の親は楽々こなしてるように見えるかもですが、いやいやいつもそんなわけはないんです。何か知らないことにぶつかれば、電話を引っつかんで誰かに『助けて、どうしよう！』って泣きついてますよ」

少しの間、ギデオンは沈黙していた。

「……俺には、聞ける相手がいなかった。グーグル検索は落とし穴だらけで、ただ子育てサイトの中にはまともなやつもあるが。『0歳児のすべて』を教典みたいに読みこんできたよ」

「バッチリじゃないですか。たよれる横のつながりや家族のない親もいますからね。だから、ご自分がここまでどれほどちゃんとやれてたか、これでわかりました？」

ギデオンの唇が立派な口ひげの下でピクッとしたが、返事は何もなかった。見るからに、ほめられるのは苦手だ。

「しかも今ではぼくもいますからね」雰囲気を軽くしようと、トビーはほがらかに宣言した。

「あなたとあの子がちっちゃな二人の軍団、ぼくはそれを支える援軍みたいなもんです。お好みならオムツ運びパイロットをやりましょうか」

ギデオンが笑顔になって、フォークでライスをつついた。

「で、きみは本当に『きらきら星』をあの子に歌ってるのかい？」

「そうですよ」あったり前だ、という調子で言ってやった。「あの子はぼくの歌声が好きなんですよ。めっちゃ愉快そうにしてます」

ギデオンがあまりにも晴れ晴れとした笑顔になって、その一瞬、トビーは今ほど心をかたくなにする前の彼の姿を見たのだった。

5

どうしてそうなったかわからないのだが、ギデオンが気がついたら、ベンソンは生後五ヵ月になっていた。二十二週。ドリューが出て行ってから十六週間。トビーが住み込みを始めてすべてを変えてから十週間。

ギデオンは仕事でいくつも契約を取り付けたし、それも睡眠が十分足りたからだけではない。食生活も改善され、外の空気もたっぷり吸って、より秩序立ったストレスの少ない暮らしのおかげだ。

トビーのおかげ。

ほぼ毎晩トビーが夕食を作り、洗濯物もおおよそ引き受け、掃除や整頓までやってのけたので、ギデオンはベンソンと純粋な〝ダッダと息子タイム〟を楽しむことができた。午後一時のFaceTime《フェイスタイム》はまだ続いていて、それは今でもギデオンにとって一日で特別な時間だ——携帯電話の画面いっぱいの、ぽよぽよのほっぺたと歯のない笑顔。

その後は家に帰り、ベンソンと遊んで、ごはんを食べさせて風呂に入れ、抱っこして、寝かしつける。

ベンソンはすくすく成長していた。毎日が楽しそうで、草のようによく育ち、あっという間に色々な節目をとびこえていった。

トビーは天の使いだった。

毎晩のように二人は夕食を一緒に食べ、トビーはその日一日あったこと、決めたこと、公園へお出かけについて(自然にママ友ができて天気のいい日に週に数回集まっている)報告するのだった。

時々は二人でテレビを見たりもした。ギデオンに持ち帰った仕事があればトビーは部屋で読書をしたが、二人はしょっちゅう『ル・ポールのドラァグ・レース』や『ブリティッシュ・ベイクオフ』を見て楽しんだ。

そんな夜を、ギデオンはとても気に入っていた。

一日の締めとして、トビーが熱いラズベリーティーに四角いダークチョコレートを一切れ添えて出してくれる。二人は別々のカウチに座り、そして気付くとギデオンは、時おりトビーのほうを見ているのだった。

あぐらをかいたトビーはカップを手に、テレビの何かで笑っている。時には、料理番組参加者がパン生地を二度発酵させるのを知らないというありえない事態に首を振っていたり……。自分で認めづらいほどの回数、ギデオンは見つめないよう自制しなくてはならなかった。トビーが気になるなんてことはないはずなのだ。

孤独が嫌なだけだ。

この日々を――とても易々と流れていく日々を求めている。ドリューとの人生で手に入れられなかった日々を。

ベンソンに、二人の父親がいる日々を。

色々な夢を描いていた人生は、十六週間前に転覆した。だが道行きは十週間前に少し楽になり、この一月ほどはあまりに心地よく日々が流れて、気がついてもいなかったのだ……。

……もう自分が孤独ではないことに。

トビーがいてくれる。二人は純粋な雇用関係ではあるけれど、パートナーと別れた悲しみをギデオンが乗り越えられたのはトビーのおかげだったかもしれない。トビーはきっと気付いていないが、彼がそばにいることで、思った以上に救われてきた。

この何日も、ドリューのことを思い出しもしない。一週間にはなるかもしれない。初めてのことだった。

「いやーないないない。この人がパン作りのアマチュアだって?」

トビーが文句をつけながらテレビにうなずいている。「あんなに上手なのに?」

ギデオンはふっと微笑んでいた。

「参加者がどうやってあんなことができるのか、俺には半分もわからないよ。俺はトーストを焼くだけで一苦労なのに」

「ですねえ」と言ってから、トビーがさっと視線をとばした。「たしかに、あなたの作るトーストはなかなかのもんですよ」

「よく焼けてるのが好きなんだ」

トビーはカップを口元に運んでうなずく。

「歯がそんなに白いのは炭のおかげなんですね?」

ギデオンは笑っていた。

「焦げたトーストとピーナツバターが俺の隠れたお楽しみなんだ」

紅茶を飲み干したトビーが立ち上がり、ギデオンのカップへ片付けの手をのばした。

「そろそろ寝る支度をしましょう。今夜はぼくが夜番をしますね」

「いいのか？」

「もち。明日は早くから会議でしょ？」

「まあそうだが、でも――」

「なら決まりで」

トビーはカップをシンクへ置くと、通りすぎながら軽くギデオンの腕をつかんだ。「また明日」

さわられた箇所が熱くなって、いつまでもぬくもりが残っていた。

トビーの寝室のドアがそっと音を立てて閉まり、ギデオンはぼんやりと立ち尽くしてから、明かりを消して自室へ引き上げた。頭の中からこの馬鹿げた迷いを追い出さなくては。トビーについて、いかなる不適切な見方もやめなくてはならない。

大体、ギデオンだってトビーと性的な何かを求めているわけではないのだ。今がとても楽だし。彼といると心が休まる。安心してベンソンを託せるし、それほど信用できている。

トビーをチラチラ盗み見るのをやめるべきだ。トビーの笑い声を聞きたいと思わないようにしなくては。そしてギデオンは、孤独から人のぬくもりに飢えるのをそろそろ断ち切って、トビーをふさわしい態度で扱うべきなのだ。

一人のプロフェッショナルとして。

そもそもトビー本人が、これは自分にとって『仕事』なのだと言っていた。自分の仕事は、彼ら二人の世話をすることだと、それがトビーの言葉だった。

そう納得すると――トビーが優しいのはそれが仕事だからなのだと思うと、少し心がチクリとする、気はするが。たしかに孤独が、いささかきしむが。

（しっかりしろ、ギデオン）

彼に必要なのは友との時間だ。ベッドの縁に座って携帯電話を充電器につないだが、手早くローレンにメッセージを送った。一週間も顔を見ていないし、じつに記録的なことだ。


顔が見たい。土曜にランチに来ないか？

ローレンの返信は即座に戻ってきた。

土曜はムリ。ジルのパパの誕生日で。日曜にランチは？


トビーが実家で六時まですごす日だ。ギデオンは、それで行こう、と返事を打った。

携帯電話を置いて立ち上がると、シャツを脱いで続きのバスルームへ向かった。ズボンのボタンを外して下ろす時になって、ベンソンがむずかる声が耳に届いた。

ミルクにはまだ早い。トビーはきっとシャワー中だ、寝る支度をすると言っていたし。またベンソンが泣き声を上げたので、ギデオンは走り出すとドアを開け、そこでトビーと衝突しかかった。

シャワー浴びたての、清潔なパジャマを着た、濡れ髪のトビーと。

「うわっ」トビーが胸を押さえる。「びっくりした！」

「すまない、今――」

トビーの目がギデオンの胸元へ向き、それから下へ、下へと……。

そこでギデオンはズボンの前が開いているのを思い出した。さっとボタンをかける。

「いや、失礼した。シャワーを浴びるところで」

ベンソンが泣きわめき、トビーが閉じたドアへ顔を向けた。「ぼくが」

子供部屋に入ると、明かりは消したままで優しい声をかける。

「どうしたのかな、ぴよぴよチッキーナッキー？」と囁いた。トビーに抱え上げられたベンソンが泣きやむ。「ほほう、これはオムツ替えの必要がありますな。それも緊急に」

廊下に立ったギデオンは、様子は見えないまま耳を傾けていた。微笑みながら。

「月までひとっとびできちゃうくらいに大好きさ」と、トビー。「これは月まで立派にニオいそうだね！」

ペリペリッとマジックテープの音がする。「おお、なんてこったい」トビーがうぐっと派手に息を詰まらせると、ベンソンがきゃっきゃっと笑った。

ギデオンは笑いを嚙み殺した。

「まさかたまさか」トビーが息を吞む。「これは歯の前触れウンチ？　かもしれないね？　うちのぴよぴよチキンナゲットに歯が生えちゃう？」

歯の前触れウンチなんてもの、ギデオンは聞いたこともなかった。

「パンツ装着完了、さてこの際ミルクを飲ませてみようかな、このチビくんが朝まで寝てくれるかもしれないし」

トビーが声に出して説明しているのは、ギデオンに伝えるためだろう。姿を消せと。ベンソンが廊下にいる父親に気がつけば、しばらく誰もベッドに戻る望みがなくなるからだ。

ギデオンは部屋に滑りこむと、できるだけ静かにドアを閉めた。

手早くシャワーを浴びてベッドに入る。目覚まし時計をセットし、ベッドサイドの明かりを消すと、暗闇に微笑んでいた。


「上半身裸でズボン開けっぱなしのところを見られたって、どういうことよ？」

「シャワーを浴びようとしてたんだ」

と、ギデオンは説明した。三人でのランチはさっさと済ませて、今は座っておしゃべりを楽しんでいる。ジルとローレンがそろってギデオンを凝視していた。ベンソンはローレンの膝に乗って、口に歯固めのおしゃぶりをくわえていた。

「で？」

「で……彼は――見ていた」

「何か言ってた？」

「何も。一言も言及はない」ギデオンは二人を眺めた。「俺もだ。それでいいんだ。彼とは、そういうんじゃないからな」

「でも……？」とジルが食い下がる。

「でも何もない」

ギデオンは何も白状するつもりはなかった。

ジルがずっと彼を見つめている。「ねえギデオン」と優しく呼んだ。「もうあなたとは長いつき合いよね」

ふうと、ギデオンは溜息をついた。

「いいかい。彼は素晴らしい。賢くて面白いし、本当にベンソンとうまくやってくれている。でも彼は俺に雇われているのだし、だからそういうのは変だし、よくないだろう。しかも改めて言うが、俺はもう永遠に男はごめんなんだ」

「同じく」と、ニヤッとしたローレンがレズビアンの主張をはさんでくる。

ギデオンはジルのほうを見た。

「彼と今作り上げているものを、決して揺るがせたり、ないがしろにするつもりはない。この世で最高のナニーだ。掛け値なしに、俺の人生の救い主だ。ベンソンの救い主でもある。彼がいなかったらどんな有り様だったか……今だってもう頼りきりなんだ」

ジルがポンポンと、ギデオンの腕をなでる。

「私が言いたいのはね、あなたとトビーはもう二人きりの何かを始めてるでしょってこと」

ギデオンは彼女へ細めた目を向ける。

「どういう意味だ？」

「ほら、二人で……一緒にしてるじゃない。彼が日曜の夜にテイクアウトを買ってくる。二人でそれをつつく。好きなテレビ番組を一緒に見る。二人で楽しい時間をすごす。彼は寝る前にあなたに紅茶を淹れてくれる。二人でそれを飲む」

「それは彼の仕事だ」

ギデオンはボソボソと言った。自分でもそれを信じているのかは、よくわからない。

ジルが首を振り、ギデオンの視線を受けたローレンまで首を振った。

「それは彼の仕事じゃないよ」

一緒にテレビを見るとか紅茶を淹れるのがトビーの業務範囲に入っていないことくらいは、ギデオンだって重々承知だ。

ぐう。

「彼が家にいると、寂しくないんだ」

　ギデオンは囁いた。

「俺の人生の穴を彼が埋めてくれる。精神的な、あくまでそこ限定の穴だぞ。俺が人恋しいたちなのは知ってるだろ、昔からそうだし、トビーはとてもいい話し相手なんだ。それ以上のことなんて俺は求めちゃいない。望んでもいない。ドリューのことがあってから……」

　そう首を振り、

「もう今は俺とベンソンだけなんだ。俺がそれを乗り越える間、そしてベンソンに手がかかる間、トビーがその穴を埋めてくれる。プラトニックにだ。あんまり健全には聞こえないだろうが。でも俺が彼を雇って仕事をしてもらって、時々テレビを一緒に見るだけで寂しさが紛れるのなら、誰に迷惑がかかるものでもないだろう？」

　ジルが眉根を曇らせて首を振った。

「ううん、全然かまわないと思う」ギデオンの肩に腕を回してハグをする。「ごめんね。じゃあ、このチビちゃんの話に戻ろうか。ホントに歯が生えそうなの？」

　ギデオンは肩をすくめ、うなずいた。

「トビーによれば、歯茎を破って生えてくるまで、歯は何週間も動いているそうだ」

「いたたたた」と、ローレンがベンソンの頭にキスをした。「かわいそうなぴよぴよチッキーナッツギー」

その呼び名にギデオンは溜息をついたが、三人で顔を見合わせ、微笑んだ。

それから少しして、ギデオンの携帯電話が鳴った。テーブルに上向きで置かれていた画面の名前に、ギデオンは凍りつく。

ドリューからだ。

鼓動がたちまちはね上がり、胃がひっくり返って、全身に寒気が走る。

何の用だ——。

「取っちゃ駄目」

ぴしゃりと言ったジルが、画面からギデオンへ目を移した。「出ないで」


トビーはいつもの日曜どおり、午後六時寸前にテイクアウトの袋を下げて家に戻った。機嫌はすこぶるいい。兄と楽しい週末をすごしたが、ベンソンの顔が見たくて仕方がなかった。あのチビ天使に会いたいのだ、たった二日しか空いてないけれど。

そしてギデオンにも。

ギデオンにも会いたかった。何ともおかしな話だが。だが彼の微笑み、笑った時に細める目、そしてあのどうかしてるくらいイケてる口ひげ。

鍵を差しこもうとした時、まさにドアが開いて、ローレンが押さえてくれた。深刻な顔だ。

「入って」

「どうしたんです？」囁きながら、トビーはせり上がる不安を感じる。「ベンソンに何か？」

ジルがキッチンからベンソンを抱きかかえて、心配そうな表情で出てきた。

「この子は大丈夫。ただ……」

そこによろめきながら、ベロベロに酔っ払ったギデオンが廊下に出てきた。

「えっ」

「おかえり」

そう出迎えたギデオンの笑みは歪み、体勢も傾いていた。これはヤバそう、どれだけ飲んだんだ。

「くいもの？」

トビーは、自分が下げたテイクアウトの袋を見下ろした。

「あー、ええ。グリーク・ラムチョップとフライドポテト」

ローレンが祈るような目つきでそれを受け取った。「何か食べてもらうのはいい手かも」

トビーもうなずく。たしかに、それが何よりに思えた。

ギデオンがローレンについてキッチンへ行くと、ジルがトビーのところへやってきた。

「ああもう、トビー」彼女が囁く。「ごめんなさいね。ドリューから電話があって」

「電話？」

何だと。どうして自分がショックを受けてるのか謎だ。本音を言えば、胸が苦しい。

手を差しのべるとベンソンが身をのり出してトビーのところへ来たがって、ベンソンを抱っこしたらトビーもたちまち心が落ちついてきた。

「そうですか、大丈夫だったかって聞きたいところだけど、どう見ても大丈夫じゃなさそうですね」

ジルが首を振った。「電話に出ないでって言ったんだけど。私にしてみりゃ、あんなカス男は奈落の底に向かって一生わめかせとけばいいのよ」

「何の話だったかわかりますか？」

また首を振る。

「電話を取って、庭で話してたから。二分ぐらいそこにいたかな。戻ってくるなり二人のなんかの記念日にもらったスコッチのボトルを開けたのよ。私が取り上げる前に半分はラッパ飲みしたと思う。普段は酒なんか飲まないのよ、トビー。こんなことも初めてで、でも今日はすごく取り乱して怒ってたから。ごめんなさいね」

彼女は小さなベンソンの手を取り、

「いたほうがよければ、私たちも残るから」

トビーは知らずにゆらゆら足踏みしていたが、ベンソンのこめかみにキスをした。

「いいえ、大丈夫。きっと今夜のダッダはベンソンが寝るより先に寝ちゃうでしょうし」

ジルはうなずいた。

「あーほんと、大惨事。私の番号知ってるわよね。必要だったら電話して。いつもはのどかな飲み方をする人で——せいぜい踊ったり音痴な歌を歌ったり、笑い上戸になるくらい。でもさっきはすごく気が立っていて」

「それでスコッチのボトルにどぼん、と」

「しかもあれ安物じゃないからね、それだけでもわかるでしょ」

あの酩酊ぶりの理由はわかった。

ローレンが現れた。「食べてるよ。とりあえず。散らかしてるけど、これでマシになるはず」

一体ギデオンをこんなふうにするような何をドリューが言ったのか、トビーには見当もつかない。じつのところギデオンはほとんどドリューの話をしなかったし、する時にはいつも嫌悪がにじんでいた。トビーも、初日に聞いた以上の事情をたずねたりはしていない。あれは親権や面会の条件を知る必要があったからで——。

まさか。

トビーの胃が恐怖で冷たく凝った。

「もしかして、子供との面会とか親権の話だったり？」

ジルとローレンが彼をまじまじと凝視した。ジルが小鼻を膨らませ、目に火花をともす。

「そんなこと言ってこようもんなら……」と呟いた。

ローレンが首を振り、

「絶対違うね。何ヵ月も前に、ほんの何週間かのベンソンを置いて出てった男だよ。関わりを拒否して。今さら何かしたがる理由がある?」

ベンソンのこめかみにトビーはまたキスをして、抱っこの手に少し力をこめた。理由なら色々あるが、どれもいいものではない——養育費を支払わずにすむとか、ギデオンへの嫌がらせとか、単に人を振り回したいだけとか。

そう口に出しては言えなかったけれど。

トビーはドリューに会ったことはない。なのに、これほどの軽蔑心を抱けるとは。

キッチンの床で椅子が擦れ、ギデオンがもそもそと言った。「みんな、どこだ?」

続いて、揺れながら姿を見せた彼は頬にソースがついていたが、どうしてか口ひげは無事だった。トビーが抱いているベンソンを見てはっとのけぞるようにする。

「ほら、俺の息子だ」

言いながら目に涙を溜めていた。

「こんなに誰かを愛せるなんて……」

そこで左側に大きく傾いた彼を、ローレンが支えようと寄った。ギデオンが両手を上げる。

「すまない。ごめんよ。うちの子を抱っこしたいんだが——」首を振って目を拭う。「くそう、酔っ払ってるな。すまない」

「一寝入りしたらどう？」とローレンが言って聞かせる。

ギデオンはうなずいて、まだかすんだ目のままふらふらと揺れた。顔をごしごしとこすり、じっとトビーへ視線を向ける。

「ありがとう。すまない。俺が、今夜の番をするから──」

舌がもつれる。

いやどう見たって無理だろう。

ギデオンは手をのばしてベンソンの手を取ると、眉根を曇らせ、目を濡らした。

「月までひとっとびするくらい……」と、囁く。

ローレンがギデオンを寝室につれていってしまうと、ジルが溜息をついた。痛ましそうにトビーへ笑いかける。

「ギデオンのこと、悪く思わないであげてくれる？　ドリューが出てってから、きっと一度も泣く余裕もなかったはずだから。ベンソンのために強くいようとしてた。彼のことだから、明日はきっと私たち全員分に釣りがくるくらい落ちこむと思う」

トビーはどんな返事をしていいかわからなかった。そもそもギデオンのことを悪く思ってなどいない。

かわいそうに、と思っている。

だがそこでベンソンがむずかりはじめ、トビーがミルクの支度をしている間に、ジルがギデオンが散らかしたディナーを片付けた。どこか落ちこんだ様子でローレンが戻ってきた。

「ベッドの横にバケツを置いてきたよ」

トビーは「準備がいい」と鼻を鳴らす。

「床に吐き散らされるよりはマシだしね」

「違いない」

「泣くのを我慢してたよ」と、彼女は囁いた。

ジルが肩を落とす。「少しそばについてくる。それから帰ろ」

すれ違う彼女にローレンが微笑みかけて腕をさすった。

ギデオンが苦しんでいるのは心配で仕方がなかったが、ベンソンに伝わるとまずいので不安を隠し、トビーはミルクを飲んでいる赤ん坊に笑顔を見せた。

「よしよし、かわいいぴよぴよチキンナゲット」乳首をくわえたベンソンがニコッとしたので、トビーはにんまりした。「ナマイキなかわいいぴよぴよチッキーナッギーだ」

ローレンがトビーの腕をなでる。

「あなたが大好きなんだね」

「お互いに大好きなんですよ」と答える。世話をしてきた子供は一人残らず大好きだったが、ベンソンは特別だ。

すっかり疲れ果てた顔のジルが戻ってきた。

「寝たよ」

「大丈夫そうでしたか？」

トビーはそうたずね、ゲップが出るようベンソンを座らせて背中をさすった。

「明日はボロボロだと思うわ」

二人は鞄を手にすると、トビーへすまなそうな笑顔を向けた。

「手が必要なら電話ちょうだい。夜中だろうと何だろうと」

「そうします。ありがとう」

二人が去ると鍵を閉め、ベンソンを風呂に入れて、しまいに寝かしつけると、トビーはキッチンに向かって片付けを終わらせた。グリーク・ラムチョップの残りをつまんだが、食欲はない。

まったくおかしな夜だった。大騒動だし、色々と学べた。ギデオンがめったに酒を飲まないことを知ったし――たしかにここに来てから飲むところを見ていない――ジルとローレンの素晴らしさも知った。彼らには幾度か会っていていつも気のいいギデオンの大事な友人だったが、今夜は本当に親身になってくれた。

そしてトビーは、自分がギデオンに抱く予想外の感情も知った。ギデオンが大切だ。苦しんでいる姿を見ると心が痛む。

これをどう判断していいのかわからない。

一、二時間ほどテレビを見ていたが、頭の中が取り散らかっていて、結局は立ち上がった。食洗機をセットし、明かりを消した時、ギデオンがやってきた。「水がほしい」と呟いている。もうそこまでふらふらではなかったが、目はほとんど開いていない。
「入れますよ」トビーはグラスに水を入れて渡した。「大丈夫？」

ギデオンはごくごくと飲んでから、首を振った。

「本当に、すまない」

「いいんですよ、ギデオン」

トビーは優しく答えた。

ギデオンがカウンターにグラスを置く。

「ベンソンは、寝た？」

「ええ」

眉をしかめてから、ギデオンは肩を落とした。

「すまない」と、くり返す。「父親は俺なのに、ちゃんとしてやれなくて」

「そんなことはないですよ」

彼はトビーと目を合わせた。「ドリューが憎い。心から憎いんだ」

目から涙がこぼれ落ちたが、気付いた様子もなかった。

「住宅ローンから抜けたいそうだ。自分の持ち分を売り払うか、俺に買い取らせようとしてい

る。それはいい。むしろせいせいする。どうせ出ていってから自分の分を払ってもいないし。だが、弁護士を立てて正式な手続きを取ってるんだ。遺言から俺を外すとか、色々。どうしてだと思う？　そうしておけば俺の身に何かあっても、一切ベンソンの面倒を見なくてすむからだ。どうせそんな責任、引き受ける気もないくせに。はっきり線引きしたいだけだ。ベンソンと関わり合いたくないと、それも、何があろうと絶対に、関わり合いたくないだと」

ギデオンは涙を拭った。

「どうしてあの子をそんなに嫌えるんだ。ベンソンには何の責任もないことで。ああくそう、頭に来る！　あいつが何て言ったと思う？　まだ俺を愛してるし会いたいけれど、父親にはなりたくないだと。俺の甥っ子を引き取ったことで二人の仲が壊れたと。甥っ子と呼ぶんだ」

鼻水も垂れてきて、涙は筋になり、ギデオンはさめざめと泣いていた。

「なんてことを言うんだ。ベンソンは俺の息子だ」ドンと胸を叩く。「俺の、息子だ」

トビーはこみ上げる涙を飲みこんで、ただ直感に従って動いた。ギデオンを引き寄せて、抱きしめる。

ギデオンは酒の匂いを漂わせていたが、どっしりしていて、揺るぎない。トビーは両腕を回してぎゅっと抱きかかえた。

ギデオンがすすり泣き、声をこぼして、トビーの背中のシャツを握りしめる。

「あいつが憎い」涙の間に呟いた。「どうしようもないくらい憎い」

トビーはきつく抱きしめる。ギデオンが前に誰かにハグされてからどれくらい経つのだろう。息子を抱っこする以外で人とのふれ合いはいつぶりだ？　トビーにしがみついてくる様子から して、かなり久しぶりのようだった。

そのままキッチンに立ち尽くした。ギデオンの涙が枯れてしまうまで。ずっしりとよりかかられたトビーは、ギデオンが眠ってしまったのかと思った。背中をさすってやる。

「大丈夫ですか？」

ギデオンが首を振った。「いや」

その額がトビーの首筋に押し付けられる。それから顎に。そして頰に。その息は短く、鋭く、手はまだトビーのシャツをつかんでいた。

トビーの心臓がドキッとはねる。

二人の唇がとても近い。

すぐそばだ。

ほとんどキスのように。

だがふっとギデオンの顔がくしゃくしゃに歪み、トビーをつき離した。うなだれたまま、よろりと下がる。

「すまない。くそ、悪かった」

また一歩下がってくるりと背を向け、額に手を当てた。

トビーはぐったりとカウンターによりかかり、何回か大きく息を吐き出す。今、何があった？

トビーに返事の隙を与えず、ギデオンは去っていった。

「すまなかった」

ギデオンがトビーにキスをしようとした？

トビーはそうしてほしかった？

いや、そんなことは――。

あるかもしれない。

ちょぴっとだけ。

まったく考えたこともないと言えば嘘になるし、ギデオンをとんでもなく魅力的だと思ったことがないとは言えない。

それでも彼はトビーの雇用主だし、トビーはその家に住み込んでいて、さらに事態をややこしくすることに、ギデオンは酔っ払っている。

友達に飢えているだけだろう。

トビーはグラスに水をつぎ足し、頭痛薬を探し出すと、それをギデオンのベッドサイドに置いてくるつもりでいたのだが、部屋に首を突っこんでみるとギデオンのベッドは空だった。続きのバスルームのドアはうっすら開き、電気は消えている。そこにはいない。

次に子供部屋をのぞくと、案の定ギデオンはベビーベッド横の小さなソファで、体をたたみこむようにしてぐっすり眠っていた。

ベンソンの世話をできなかった罪悪感から、どうしてもそばにいたかったのだろう。

こんなの、責められるわけがない。

ギデオンが酔っ払ったことに怒ってはいない。非難する気もないし、幻滅もしていない。

トビーはギデオンに同情していた。かわいそうだと思う。元カレがあんなクソ野郎で、気の毒きわまりない。ベンソンはギデオンの『甥っ子』なんかじゃない。ドリューがわざわざその言葉を使ったのはギデオンを傷つけるためだろうし、狙いは見事に当たった。

トビーはこの二人を、両方とも守りたい。

抱くべきでない思いを、ギデオンに抱いている。

ベンソンのそばにいたい一念で小さなソファに体をねじこんだギデオンの姿は、その思いを冷ます役には立たない。

水と頭痛薬をベッドサイドテーブルに置くと、ギデオンのベッドからブランケットを持ってきてかけてやった。明日は首や背中がたいそう悲惨なことになるだろう。襲いかかる頭痛は言うまでもなく。

きっとどれも、明日抱く心の痛みには及びもしないだろうけれど。

6

目を覚ますと、ギデオンは子供部屋の床の上にいた。ソファに座って頭を休めたところまではぼんやり記憶がある。ベンソンの寝息を少しだけ聞こうと思って……。

起き上がろうとして、即座に後悔した。あらゆるところが痛む。背中は砂利が詰まったようだし、頭は……これはひどい。

二日酔いは随分久しぶりだが、ここまでの惨状は記憶にもない。

ベンソンのベビーベッドは空で、ブラインドのふちの照りからしてもう朝だろう。

月曜の朝。

最悪だ、仕事に行かないと。

どうして自分が床に寝ていたのかもわからないし、自分のベッドにあるはずのブランケットが今腰に絡んでいるのも謎だ。もしやトビーが……。

しまった。

トビー。

キッチンで取り乱した自分、トビーに抱きしめられたことがよみがえる。強い腕で、とても温かな体で……。

あれは夢か？

だがそこで、ドリューから電話で言われた内容をトビーに話したのを思い出した。自分がまたすっかり心を乱されて、涙をこらえきれなかったことも。

トビーにハグされて慰められたことも。

自分があやうくトビーにキスする寸前だったことも。

「何てことを」

両手で顔をこすって立ち上がるが、わずかな動きにも体中が抵抗してきた。とりわけ頭は……ガンガンするとかじゃない、それとは違う。とにかく、脳天に斧が突き立っている感じだ。

それに加えて、胃までその惨め組に立候補してきた。

だがベンソンの様子を確かめなくては。

廊下に出て、居間のまぶしさに負けまいと気合いを入れた。

「おはようございます」

トビーに挨拶をされた。カウチに座ってベンソンを膝にのせ、ゲップをうながしている。二人のそばに空の哺乳瓶が置かれていた。

ギデオンに気付いたベンソンがニコニコになった。

「おはよう」とギデオンも返す。

「気分はどうですか」

ギデオンは首を振った。「今何時だろう?」

「そろそろ七時です」

ひるんで、ギデオンは二人の隣のカウチに崩れた。トビーはギデオンの膝にベンソンをのせて立ち上がる。

「この小さき人がはらぺこなので。今朝はたっぷりのボトルを空にしましたよ」

「昨日のダッダそっくりにか」

トビーがふんと笑う。「コーヒー淹れましょうね」

ギデオンはベンソンを抱きかかえると、なじみ深い赤ん坊の匂いを吸いこんだ。ベンソンがお返しとばかりに派手なゲップをした。笑ったギデオンが膝の上でベンソンをはずませると、ぽちゃっとした小さな手で口ひげをつかまれた。よくつかむが、大して痛くはないのだ。

しかも、今はとりわけそれどころではない。ほぼ全身が痛くて、ベンソンの顔まるごとのよだれまみれの笑顔と、キラキラした青い目を見るだけで救われる。

キッチンから戻ったトビーは、ベロッカ〔※ビタミンサプリ〕を溶かした泡混じりのグラスを持っていた。

「まずはこれを」

ベンソンを引き取る。ギデオンはグラスを手にして飲み干した。毎度のごとく、決して美味くはないが、効くのはわかっていた。

トビーはベンソンをベビージムの下に置くと、キッチンからコーヒーを二杯持ってきた。

「ありがとう」

ギデオンは礼を言った。二人の間がぎくしゃくするのは避けたいし、なら自分の行為について釈明するべきだ。

トビーも座り、コーヒーに口をつける。パジャマ姿で寝癖の髪でも、ギデオンの今の気分よりずっとマシに見える。そして彼は、ギデオンが話し出すのを待っていた。

「そうだな」

と、ギデオンは切り出す。

「昨夜のことだが。本当に申し訳なかった。俺は普段は酒は飲まないが、それを言い訳にはできない。もう酒を飲んだりしないと心から誓うよ。それと、もし俺のせいで嫌な思いをさせたなら、どんな形であれ、心から詫びる。俺に腹を立てていても当然だ。弁解しようもない。それと、ベンソンの世話をしてくれてありがとう。とても俺にできる状態ではなかったし、俺がだらしなかった分、きみに肩代わりさせてしまった」

ギデオンは顔を曇らせた。

「もしきみがいなかったら……」

「ぼくがいなかったら、ローレンとジルが泊まっていったでしょう」トビーが答えた。「謝罪を受け入れます。でも、ジルとローレンにも電話して同じように筋を通しておくのがオススメです」

ギデオンは再びひるんだ。

「そのとおりだな。そうする」

「二人ともとても心配してたので」

ギデオンはうなずいた。「俺はただ……自分を見失ったんだ。何ヵ月も踏ん張って、強くあろうとしてきた。そうするしかなかった」

楽しそうにきゃっきゃっとベビージムを蹴とばしているベンソンへ目をやる。

「そこへ来て、ドリューからしつこくこの子を『甥っ子』と呼ばれて。俺に父親の資格がないかのように。それで、もう駄目だった」

トビーが溜息をついた。

「ぼくはそのドリュー氏に会ったことはないですし、こんなこと言っていい立場でもないですが、彼のことは全然好きになれませんね」

ギデオンと目を合わせ、

「あなたは父親ですよ。ベンソンのパパ、それも立派なパパだ。ま、今回はうっかりやらかしましたが。それくらいいいんじゃないですかね、これまでどれだけがんばったか考えれば。それに、ベンソンは何ともありませんよ」

「もし家に俺とベンソンだけだったなら、きみや誰にもたよれない時だったなら、決して飲まなかったよ」とギデオンは言った。「ずっとベンソンと二人きりだったが、その間一度も飲んだことはない。グラス一杯のワインも」

「ふうむ、そいつは聞けてうれしいお知らせです。本音をばらすと、昨夜みたいなのは二度とごめんしたいので」

ギデオンはうなずいた。それは飲酒のことか？　それともハグか？　判断がつきかねる。聞ける元気もなかった。

トビーはコーヒーを飲んでいたが、下唇を噛んだ。

「もし、話がしたいとか、愚痴を吐き出したいとか、それとも泣く肩を貸してほしいとかなら、ぼくがつき合いますから」

と、静かに言った。

（これはハグの話か？）

そんな気はしたがやはり自信がなかったので、ギデオンはとりあえずうなずいた。

「ありがとう。俺には誰もいなくて……友人はいたんだが。ドリューのせいでバラバラになった、というところだ。今の俺の人生はすべてここにある」

ベンソンのほうへうなずく。

「まあローレンとジルはあのとおり、俺のほうについてくれた。でもあの二人には、ベンソンを引き取った時やドリューが出ていった時、あまりにも頼りきりになってしまったから、今は……」と肩をすくめた。「今はわずらわせたくないんだ」

「向こうはあなたの苦労を一緒に支えたいと思っていそうですけどね、ギデオン」

トビーはそうニコッとしたが、時計を見やった。「今日は仕事に行くんです？」

ギデオンは溜息をついた。「ああ」

今日は色々と片付けることがある。弁護士や銀行の担当に連絡をするとか。仕事にも行かないと。二日酔いで休んだことなどない。

がぶりとコーヒーを飲んだ。

「そろそろシャワーを浴びないとな」

立ち上がって、これだけあれこれ言ってもなお言い残しがある気がした。

「ありがとう、トビー。昨日のこともだが、これまでのすべてについても。きみなしでは俺はここまで乗り越えられなかった。ゆうべの俺は酔っていたけれど、きみをハグしたんじゃないか？　それともあれは俺の夢か？」

トビーがクスッと笑う。

「しましたよ。キッチンで」

「やっぱり」ギデオンは肩を落とした。「くり返しになるが、申し訳なかった。その、俺は……」

「ハグが必要だった。でしょう？」

トビーがそう引き取った。コーヒーカップの向こうでニコッとした目は優しかった。

「大丈夫。しんどい一日で、胸のつかえを吐き出して少しすっきりしたかっただけですよ。問題ないです、ギデオン」

「不適切な態度だった。わかってほしいが——」

「もし不適切だとか強要されてると判断すれば、ぼくからそう言います。というか、それならゆうべなんかはタマを膝蹴りしてます」

ギデオンは鼻を鳴らした。「そうだな、正当だ」

ベンソンがむずかりはじめたので、トビーがコーヒーを置いて抱き上げた。「ぴよぴよチッキーナッギーはおパジャマから着替えないとだ」と廊下の奥へ消える。

ギデオンは二人分のカップをシンクへ運ぶと、シャワーを浴びて出勤用の服に着替え、半分くらい人心地がついた気分で居間に戻った。

ベンソンはブランケットの上でうつ伏せ遊びタイムで、イモムシのオモチャをかじっており、ギデオンはこのまま家にいたくなるが……。

トビーがトーストの皿を手にキッチンから出てきた。さっとギデオンの表情を見て、足を止める。

「まだ具合が悪いんです？」

「いや、大丈夫だ」ぼそぼそ答えた。「シャワーで随分すっきりしたよ」

「どうぞ」とトーストを渡された。「真っ黒焦げとはいかないので、お口に合うかは知りませんけど、昼まではこれで持つでしょう」

ギデオンは笑顔で受け取った。

「ありがとう。えーと、何時に帰れるかはわからないんだ。今日中にできれば弁護士と銀行の担当者に会っておきたい。家のこととか、あれこれの変更で」

「かまいませんよ。時間のことは気にしないで。ぼくたちは今日は洗濯をして、できたらスーパーに遠征して、午後は公園でお遊びタイムにします。誰かさんのお昼寝の長さ次第ですけどね。運がよければ、ぼくは掃除機なんかかけられる」

自分の予定と引き比べてあまりにもうらやましく、ギデオンは唸った。「交換しないか？」

トビーが首を振る。「百パー、ノー」

「だろうな」

ギデオンは微笑み、ベンソンのおでこにキスをすると、仕事に出かけた。


トビーは昨夜のキス未満のハグについて持ち出そうか迷っていたので、ギデオンから先に言ってくれて助かった。

キス未満、の部分にはふれなかったが。それでもハグのことには言及したし、何回となく謝罪をくり返していた。トビーは怒っていやしないのだが。今朝子供部屋をのぞいてみると、ギデオンはまだベビーベッドのそばの床で、ぐっすり眠っていた。

息子のそばにいたいから。

とても怒りなど抱けない。

それにあのハグは、たしかに不適切な行為であるにせよ、あの時のことを脳内で振り返ると、ギデオンを引き寄せてハグしたのは自分であってその逆ではなかったと思う。

だがもうすべて終わったことだし、あのキス未満についてもすでに水に流した。

というか、トビーがあの記憶の反芻《はんすう》をやめれば、流れていくはずだ。

一時頃、トビーは公園でのお子様会に出かけた。地元の気軽な集まりで、公園で出会った親や子守りたちが月曜と木曜に顔を合わせているのだ。男性はトビーだけだが、ベビーシッターはほかにもいる。一回は父親と会ったこともあるが、大抵は数人の大人と、五ヵ月から二歳くらいまでの子供七、八人がせいぜいの会だ。

ベンソンが最年少だが、とはいえ七ヵ月のマレクも似たようなものだ。近い年頃の子がいるのはありがたく、遊び回るほかの子供たちを子守りが追いかける間、トビーとベンソンはマレクや母親のアニカと一緒に、ブランケットの上でのんびりくつろいでいられた。

集まる面子の中で、アニカはトビーの一番の仲良しだった。親しいとまではいかないが、話がはずむくらいにはお互いを知っている。彼女はトビーが三年間海外にいたことやシドニーに家族がいること、ベンソンがシングルファーザーの一人息子だということを知っていた。

アニカは三人目の育休中だ。思ったことがそのまま口からとび出すタイプの、愉快な女性だった。ちょっとぞんざいなところもあるが、そこも魅力だ。トビーは出会ってすぐ彼女が好きになった。

三十五歳くらいのアニカは、ショーンという素敵な男性と結婚していて、彼女の言葉を借りるならそのショーンは一家のクレイジーな日々の船頭だ。一番上の子は五歳で、アーニャという女の子。中子は二歳のライリー、公園で張り切って暴れまわる男の子だ。末っ子のマレクはかわいい赤ん坊で、真っ黒の髪と見たこともないほど大きな茶色い目をしている。

アニカは三人の子供をいかにも楽々育てており、トビーの公園行きは彼女のおかげでいつも楽しい。時々はテレビ番組やセレブのゴシップなんかで盛り上がったが、大抵話題は子供中心で、食事のタイミングとか乳歯が生えてくる話とか、今週どこのスーパーが安いかなどだった。

この一夜の後では、のどかで晴れやかな空の下、大木からの木漏れ日とさわやかな風はトビーが求めるものだった。ベンソンもご機嫌だ。

「ヘトヘトの週末だったみたいな顔じゃない」と、アニカに言われる。

「週末は楽しかったんだけど」トビーは答えた。「ゆうべがちょっと……変な夜で。あんまり眠れなかったんだ」

「あらあら、いい話じゃなさそう」とアニカが声をひそめた。

「そんなまずいことじゃない。でも素晴らしいって話でもない。新しいことに気付いて、ちょっと悲しいくらいかな」

彼女は眉を寄せて、ふうっと息をついた。「ベンソンのパパのせい？　大丈夫なの？」

「それは平気。今朝ちゃんと話もしたし、問題ないよ。前より相手がわかった気がするし」

「変な感じしないの、彼と二人だけで？　向こうが帰ってきたらどうしてんの？　パパが役を代わってあんたは店じまい？」

トビーは肩をすくめた。

「向こうの予定次第だね。なるべく参加はしてくれるよ。仕事が忙しいけれど、ベンソンを溺愛してるし」

「しかもシングルファーザー」アニカが呟く。「大変だろね」

「うん、ずっと苦労してきたのはたしか」

アニカはマレクに歯固めラスクを与えて、顎を拭いてやった。「あんたを雇うくらい金持ちでよかったねえ」

その言葉に底意はない。トビーもナニーとして、住み込みのフルタイム世話係を雇えるのは恵まれたごく一部だと理解している。そんな余裕のない人は多いし、助けてくれる家族や友達がいない人も大勢いる。

だがそれについて、トビーの心には棘がひっかかっていた。

ギデオンが言っていたことだ、元カレの分の住宅ローンを買い取って、自分だけで払うことになると。それか家を売るか。

あるいは、トビーを解雇するか——。

その後ベンソンの世話をどうやっていくのかは、トビーにはわからない。

胸がざわつく想像だった。

あの家での時間に終止符を打つなんて、まだ心の準備ができない。

ベンソンが少しむずかったので、トビーは彼を座らせてその手をつかんだ。まだ自力で座っていられないが、もう少しだ。

それからベンソンを立ち上がらせ、かかえたまま敷物の上で足をバタバタさせた。きゃあっと声を上げたベンソンが何か言いながらご機嫌になる。

「かっわいいいねえ！」

アニカがそう言ってベンソンのおなかをくすぐった。数秒して、また口を開く。

「かわいいってかイケてるのがいるけど」トビーの肩向こうへ顎をしゃくった。「えっ、こっちに来るよ。知り合い？」

トビーは振り向いた。

は？

「あー、知ってる。よく知ってる」

ベンソンからも見えるように向きを変えてやる。「ダッダが見えるかな？」

アニカがトビーをつついて耳打ちした。

「あんないい男だなんて聞いてないんだけど！」

ギデオンはグレーのスーツパンツに白いシャツを――もちろんきちんと裾をしまって――着ていて、しかもだ、腕まくりときた。見事にフィットしたスーツの仕立てが体によく沿っている点にも、何の文句があるはずもない。

いやいや、文句どころか。

「飛び入りしてもかまわないかな？」と、ギデオンが聞いた。

「もちろんどうぞ」とトビー。「座ってください。ほーら、ベンソン、だーれだ？」

ギデオンはブランケットに座り、その姿に気付いたベンソンがきゃあっと歓声を上げて小さな両手を差しのべた。ギデオンは笑顔で子供を抱き取り、さっとハグしてぷよぷよの頬にキスすると、膝の上に座らせた。

トビーはひととおり全員を紹介する。大人から子供まで。ギデオンは笑顔を返したが、その目の中や微笑みには疲労がにじんでいた。

今日は大切な用件があったはずだとトビーは知っていたが、人前で持ち出す話ではない。

「ちょうど、帰る途中で」

トビーの心を読んだように、ギデオンから説明した。

「車でそこを通りすぎた時に見えたから、引き返してきたんだ」ベンソンの頭頂部にキスをした。「お気に入りの坊やと公園でのんびりできるなんて、最高だろうと思って」

「来てくれたおかげでこの子がご機嫌です」

トビーはそう言って、ベンソンの足をちょいちょいとつついた。ベンソンはきゃいきゃい言いながら片方のげんこつをかじってあちこちよだれまみれにしており、トビーはスタイで顎を拭いてやった。

子供の一人が芝生で転んで泣き出した。別の子供はもっとスイカがほしいと泣いたが、本当に足りないのはお昼寝なのだ。そんなわけで、一斉に店じまいが始まる。母親の一人は学校へお迎えに行く時間だと支度を始め、アニカもそれに倣った。トビーがマレクの面倒を見る間、彼女はライリーをとっつかまえて荷物をまとめ、アーニャの学校が徒歩圏内で助かると言っていた。別の保護者も、年上の子供たちがスクールバスから降りてくる前に帰らないとと言って、また別の誰かは買い物の予定があった。

さほど経たないうちに、トビー、ギデオン、ベンソンだけが残された。

「俺が大移動を起こしてしまったかな？」とギデオン。

トビーはクスッと笑った。

「ううん。もうすぐ三時だから。学校が終わる頃合いなので。それに、月曜昼下がりの集まりは何かと色々ありがちで。午前中のほうが、子供たちが全員くたびれ果ててないから楽なんですけど。午後になると何がどう転がるかは誰にもわからない。でも今日は、学校のお迎えとうまくタイミングが合いましたね」

「いずれ俺の身にもそのお楽しみが降りかかるんだろうな」

「そうですよ、覚悟して」

　聞くのが怖い気がしたが、今こそちょうどいいタイミングだ。

「今日は仕事を早上がりしたんですか？」

　ギデオンがうなずいた。

「午前中、ひどいポンコツ状態で。二日酔いとは相性が悪いようだ。必要なことだけ片付けて、あとは休めと上司に言われたよ。弁護士事務所にも連絡した。話せたのは、所属弁護士の一人とだが。ざっくりまとめるとだ、書類の修正だけで片付く。よかったよ。ついでに俺の遺言書も修正して、ドリューの名前をすべて外す。あちらで書き直したものを担当弁護士がチェックして、連絡をもらう手筈だ」

「それっていい話ですよね？」

　ギデオンのうなずき。

「ああ。もっと早く対処しておけばよかった。とにかく、それから銀行に連絡して、あれこれ数字を確認して……法人財務の仕事をしているんだから詳しいはずの分野なんだが、自分の話となるとどうにも圧倒されるね。とにかく、担当がとても有能で。つまり全面的な見直しを行い、借り換えて、株を売って充当し——」

そこで話しすぎたかというように自制した。

「……要はだ、すべて俺の名義になってるんだ。ドリューと共同名義で株を買おうという話もあったんだが。別名義で本当によかったよ。それにしても、銀行の担当者は何をどうすればいいかよく知っていて——別れ話はよくあるんだろうな」

トビーはふうっと息をついて、ギデオンの腕をさすった。

「気の重い話だったでしょう」

ギデオンが溜息をつき、首を振った。

「それが、今はさっぱりしている。よく説明を受けたら、はじめはドリューが自分を守ろうとしているだけの話だと思ったが、今ではこれは俺とベンソンを守る手段だとわかった。もっと早く手続きするべきだった」

「忙しかったから」と、トビーはなだめた。

ギデオンが肩をすくめる。

「それでも時間をひねり出すべきだった。俺は財務が専門なんだし——企業財務のほうであるにせよ。同じものとは言えないが、それでもわかっておかなきゃいけなかったな」

　ベンソンを抱き上げ、頬の近くでブーッとあやす音を立てる。

「一六〇歳になるまで住宅ローンを払う羽目《はめ》になるだろうけれど。でも、これで全部俺のものだ。というか、いずれそうなる」

　トビーはクスッと笑ったが、その時ふと――。

「……ぼくの業務時間を減らすことになりますか？　節約のために？　いや、そうなってはしいわけじゃないですけど」

　そんなことになるかもと思うと、気分がひどく沈む。

「そうなっても仕方ないかなと……」

　ギデオンがフンと笑った。

「まさか、そんなことにはならない。むしろ、俺はローンを払うためにもっと働かないとならない。あの家で暮らすために。それだけしっかり働くためには、これまで以上にきみが必要なんだよ。上司は、多少のリモートワークは許可してくれるが、俺の仕事の大半はオフィスでやる必要があるからね。資料とか、社外秘の情報とか、色々あって。あまり今以上に家を空けないようがんばるが、でもな、トビー、きみは救世主だ！　きみの業務時間を減らすなんてありえない。きみなしでは俺は間違いなくどん底だよ」

　その言葉でトビーの胸にぬくもりが広がった。

「ま、救世主はちょっと言い過ぎですかね？　世界はともかく、理性の救い主くらいで」

ギデオンがそれにニヤッとした。

「俺の理性と人生の救い主。それと、昨夜のことへの謝罪をさらにこめて、今夜は俺が料理をしようかと思っているんだ。きみがかまわなければ」

トビーは驚きを隠しきれなかった。

「えっ、もちろん！」

「それと、あと一つ」

「何です？」

「もう二度と、俺を床で寝かせないでくれ」

トビーは笑い声を立てた。「あなたは子供部屋のソファで寝てたんですけどね」

ギデオンが呻く。「道理で背中がやたら痛いわけだ」

ベンソンがむずかりはじめたので、トビーは立ち上がった。

「行きましょう、このぴよぴよチッキーナッギーはそろそろおうちタイムだ」

ギデオンがしんどそうに立ち上がる。「ぴよぴよチッキーナッギーのダッダもだよ」

7

ギデオンは言葉どおり、夕食作りを実行した。もっとも、何の苦労もない。今日のどこかでトビーがきちんとパントリーの中味を補充してくれていた。

ギデオンの人生のどれか一部分でも、トビーが完璧にこなせないものなどあるのだろうか？

ギデオンがミニトマトとほうれん草のチーズパスタをこしらえる間、トビーがベンソンを風呂に入れてパジャマを着せた。ベンソンをかかえてキッチンへやってきたトビーは、その頬に「ブーッ」と息を吹きかけて笑わせている。

その光景にギデオンの手が止まり、心臓が苦しいほど早鐘を打った。

ベンソンの笑い声のせいか？　それともトビーと二人でいる光景？　愛情をこめて抱く腕、笑わせている仕種？

どれも、あの忌々しい元パートナーには欠けていたものだ。

ギデオンは首を振って、雑念を振り捨てた。ベンソンの幸せそうな顔に微笑みを誘われる。

そしてトビーの——。

（やめろ、ギデオン。そんな目で見てはいけない）

「今日、もう買い物を済ませていたのか？」

　心を落ちつかせようとしてそんな質問をする。

「うん、そうですよ」

　トビーがどうやってそんなに苦もなくあれこれこなしてのけるのか、ギデオンには見当もつかない。一人でベンソンの面倒を見ていた頃、ギデオンは毎日のシャワーを浴びるのもやっとだったのに。トビーは買い物に行き、用事をこなし、洗濯をして、公園に出かけてのける。

「はい、どうぞ」と、トビーからベンソンを手渡された。「盛り付けはぼくが。誰かさんはダッダの抱っこがほしいみたいなので」

　ギデオンはベンソンを抱きとって、爽やかな赤ん坊の匂いを吸いこんだ。ベンソンはギデオンの顔に手をのばし、むぎゅっと口ひげをつかむ。

「いてて、ダメだよベンソン。ダッダがかわいそうだ」と言いながら、ギデオンはその手からひげを抜こうとする。

　トビーがテーブルに皿を並べた。「口ひげがお気に入りなんですよね」

　ギデオンはベンソンをスイングチェアに乗せると、テーブルに近づけて、二人の食事を眺められるようにした。

「ん」と一口食べてトビーが感嘆する。「すごく美味しい」

その一言で一気に元気づけられたが、「ありがとう」と、そうでもないふりをした。

しばらく黙って食事を続ける。

「で」と、トビーが水を飲んだ。「その口ひげ。昔からですか？」

ギデオンは口に入れていた分を飲みこみながら、微笑した。

「大学にいた時、周りがみんな十一月にモーベンバーをしていて」と説明する。「口ひげを生やして、男性に多いがん啓発の募金を募る活動だ。なんというか、ジョークとして参加したんだが、一月経ったら慣れてしまってね。俺には似合ったし、自分でも気に入った。それからずっと生やしている」

「似合ってます」トビーも同意する。「すごくトム・セレックぽくって」

それにギデオンは鼻を鳴らした。

「私立探偵マグナム絡みのジョークなら、きみが思いつく限りのバリエーションを聞かされてきたよ」

トビーがクスッと笑う。「あー、想像できます」

数口、さらに食べた。

「そうだ、一つ話があって。判断はおまかせするので」

あまりいい響きではない気もするが……。

「今日、スーパーに行ったついでにファレックスを買ってきたんですが」

ギデオンはあやうく喉にパスタを詰まらせかかった。咳払いして水を飲むと、やっと声が出た。

「何をだって？」

トビーが表情を変えずにギデオンを見つめる。

「ファレックスを。赤ちゃん用のライスシリアルですよ。一体何だと思ったんですか」

ギデオンの顔は燃え上がりそうだった。「聞き間違えたんだ」

ははっと笑ったが、それからトビーの目がさっとギデオンを貫いた。

「えっまさか、デュレックスと勘違いしました？」信じられないとばかりに笑って、首を振る。

「いや違いますって。そうじゃないです。でもそれなら今の反応も納得です」

(そうだろうとも。コンドームとローションの話題は食事時にぴったりだからな。何やってるんだ、ギデオン)

トビーはすっかり面白がっていて、照れた様子はかけらもなかった。

「違くて、ぼくはファレックスと言ったんです。赤ん坊の最初の離乳食によく使われるんです。つまりですね、このベンソンくんが大瓶のミルクを飲み干すようになってきたので、そろそろファレックスを試してみるのもいいかなと。でも判断はおまかせします、もちろん。いけそうだと思ったらで。それで今日見かけて、とりあえず買ってあります。そーゆーことです」

ギデオンはトビーを見て、それからベンソンを見た。スイングチェアに座らされているが、そろそろ足を蹴り出して少し機嫌が悪くなってきている。

「もう食べられると思うか？」

と、たずねた。そう、ベンソンが大きな哺乳瓶にありつくようになっているのも、その回数が増えているのも知っていた。この頃ぐずるのは歯が生えてくる兆しかと思っていたのだが。

「しまったな……俺はこの子を腹ぺこで放っておいたのか？」

トビーがテーブルごしにのばした手をギデオンの手に重ね、ぎゅっと握った。

「まさか、全然そんなんじゃ――」

「無知なんだ。でも知ってるはずの、知っておかないといけないことだろ」

それは問いではない。ギデオンは知っているべきだったのだ。もちろん、知っておく責任がある。

「何てことだ――」

「はいはいそこまで！」

トビーがギデオンの手を握りしめ、おかげで実際、ギデオンの思考にブレーキがかかった。

「栄養不足なんかじゃないです。この子はすくすく、幸せに育ってます。それにあなたは万能でなくてもいいんです」

「でもきみは万能だ」

ふんと鼻で笑われる。

「ぜーんぜん。ただ赤ん坊の世話は初めてじゃないだけです。これまでほかに赤ん坊を育てたことは？」

「それは……一人も」

「しかもぼくは、子ども発達学の学位も持ってますからね」と、トビーが付け加えた。「こういうことを知っておくのがぼくの役目です」

（俺はこの子の父親だ。知っておくのは俺の役目でもある）

トビーがほとんど笑顔になって首を振った。

「いーえ。何考えてるかわかってますよ？　パパとして、俺には知っている責任があるってね。罪悪感はここじゃナシですよ」

「どうして俺の頭の中がわかったんだ」

トビーはクスクス笑ってギデオンの手をぽんと叩き、また椅子にもたれた。

「いかにもあなたが考えそうなことでしょう、だってあなたはいい父親だからね、ギデオン」

ギデオンの手の甲にはまだトビーのぬくもりが残っていたが、それを意識から追い出そうと最大限努力する。別のことを考えようと、ベンソンへ視線を向けた。

「もう食べさせてもよさそうだろうか？」

とは言え無駄な質問だろう。そろそろいいと思わなければ、トビーがそれを買いこんできたわけがない。

トビーがふわっと微笑んだ。

「やってみればわかります。まだ早いなら、この子が教えてくれる。でも食べさせるのけあなたがやってくださいい。初めての離乳食——子育ての特大行事ですよ」

いつしか、ギデオンは微笑んでいた。トビーは一体、どうやってのけるのか。ギデオンの恐怖を和らげてしっかりやれていると教え、励ましてくれる。トビーは尽きることのない応援の源泉で、その時々にぴったりの言葉をくれる。

かつてドリューにもそんな支えを期待した。得られたのは真逆のものだったが。

トビーは、ドリューにはありえなかったすべてを束ねたような存在だ。

たしかにギデオンは、報酬と引き換えにトビーから優しい言葉と心遣いをもらっている。だがそんな立場のことはもうどうでもいい気がした。

トビーがいると幸せな気持ちになれるのだ。それがプロとしての仕事だろうとも、ギデオンはありがたくその恩恵を受けるだけだった。

「ほーら、だーれだ？」

と、トビーは言った。膝の上でベンソンをはずませながら、パジャマ姿で現れたギデオンへ二人そろって笑顔を向ける。

「ダッダ、この子は立派に育っちゃって、朝までぐっすり寝ていたんですよ」

ギデオンが足を止め、顔をさらにほころばせた。「本当か?」

立ち上がるとトビーはベンソンを飛行機のようにかかえ、「ブーン」と効果音付きでギデオンの腕までまっすぐ飛ばした。

「そうなんですよー」

「声に気がつかなかったから」と、ギデオンが白状する。「てっきりきみが起きたんだと思った。まだアルコールや、床で寝たダメージが残ってるのかもと。すまない」

トビーへ申し訳なさそうに微笑みかけてから、赤ん坊の頬近くでブウッと唇を鳴らす。

「立派になっちゃって! 朝までぐっすりか?」

トビーはうなずいた。「六時近くまで寝てましたよ。朝のミルクは飲みましたが、ファレックスをもう少し食べさせてもいいかなと」

「起きなかったのはそのおかげだろうか? おなかがいっぱいになってたから?」

「かもしれないです」ほぼ確信はしていたが、トビーはそう肩をすくめた。「コーヒー淹れてきましょう」

二人を残してコーヒーを二杯用意するトビーの耳に、ギデオンの低い語りかけと、それにきゃっきゃっと応じるベンソンの声が届いた。何より素敵な音だ。

トビーの後からキッチンに入ってきたギデオンが、カウンターによりかかって、そばに座らせたベンソンのおなかからサプリメントグミを取り出したふりで笑わせていた。

トビーは、ギデオンの隣にコーヒーを置いた。「おやおや、今日はいつにも増してかわいい子がいますねえ」

ギデオンから向けられた微笑は、トビーにとって不意打ちに近かった。パジャマの青いズボンに白いTシャツ姿のギデオンはいかにも起き抜けで、髪はもつれ、無精ひげものびていたが、その笑顔ときたら……。

温かで、どこか親密で。トビーの胃がすっ飛んでしまうような。

は？

（いやいや、トビー、しゃんとしろ）

ギデオンはただご機嫌で、楽しそうなだけで、子供とセットの姿がほほえましいだけだ。その視線にも、目にあふれているのも、ベンソンへの愛情だ。

それを勘違いしてはならない。

トビーはコーヒーを飲み、パントリーのほうを向いた。

「じゃ、このちっちゃいホビットくんに二回目の朝ごはんの支度をしましょうか」と言う。

「すませて、あなたは会社に行けるし」

提案というわけでもない。すでに手はファレックスを取り出していた。

「大丈夫かな？」とギデオンが確かめる。

「うん、そう思います。でも先んじて一つ言っとくと、この子が固形物を食べるようになったらですね、ぼくはバナナだけは潰せませんから。赤ん坊はバナナが好きなんですけど、ぼくはオエッとなっちゃうので、それはあなたに丸投げします。ぼくは大体どんなことでもおまかせあれですが、ぐちゃぐちゃのバナナと調理したバナナだけは無理です」

ギデオンは笑顔でコーヒーに口をつける。ベンソンを腰のあたりにかかえていた。

「了解した。だが、ということはバナナブレッドも駄目か？」

トビーは顔を引きつらせる。「うええ、無理無理」

「トーストしても？」

その想像だけでゲッとなる。「あったかいやつは余計ダメです。そっちのが無理」

ギデオンがふふっと笑った。「こんなことがどうして初耳なんだろう」

「〝オエッとなる食べ物〟の話題が初めてだからですよ」

「たしかに。パクチーの話は出たが。ケールと」

「ですね」

「バナナブレッドが駄目だと、カフェでのブランチに何をたのむんだ？　俺の定番はバナナブレッドとコーヒーなんだが」

「とにかく何だろうとそれ以外のもので。フレンチトーストなら最っ高です」トビーはボウルでファレックスを混ぜた。「まあブランチは色々アリでしょ。がっつり朝ごはん代わりにしてもチーズケーキ一切れでも。生のベリー入りのヨーグルトでも、フライドチキンとワッフルでも。ブランチはルール無用ですから」

　またあの、温かで親密な微笑み。

「たしかにルール無用だ」

　腹の底がまたパタパタざわめくのを避けるように、トビーはライスシリアルをふやかす作業に戻り、ベンソンの哺乳瓶に入れられるまで薄めた。白っぽい粥状のシリアルは気をそらすのにちょうどよく、スプーンから垂らして固さを確かめる。

「さーてカワイイ中のカワイイなホビットくんは、二度目の朝ごはんを召し上がるかな？」

　トビーがベンソンに食べさせている間にギデオンがシャワーを浴びて、ふたたびスーツ姿でやってきた頃にはトビーはほぼベンソンをきれいに拭き上げていた。

「食べるよりかぶったほうが多い気もしますが」と、トビーは報告する。「でも気に入ったみたいで、今日のマンチキン《チビちゃん》は大変ご機嫌ですから」

　ギデオンがふんと笑う。「マンチキンは初めてだな。かわいいホビットもそうか」

　トビーは胸を張ってニッコリした。

「でもいつだってこの子はぴよぴよチッキーナッギーです」

　ニヤリとしたギデオンがキッチンへ姿を消し、少しして、ピーナツバタートーストの載った皿を手に戻ってきた。それをトビーに手渡す。

「どうぞ」

「えっ」

ささいなことだが、その心遣いにトビーは驚く。「ありがとうございます」

ギデオンは自分のトーストにかじりついた。

「今日は何時に帰れるかわからないんだ」と伝える。「昨日は休んだようなものだから、仕事が溜まっているだろうし」

「まかせてください」トビーは返した。「今日も一時のFaceTimeやります?」

車のキーを手に取ったギデオンは満面の笑みをトビーへ向けた。「もちろんだ」


トビーはひとかけらの四角いダークチョコレート添えの紅茶をギデオンに手渡し、カウチに座った。ちょうどお気に入りのベーキング番組が始まる。

ギデオンはぐっすり眠るベンソンをベビーベッドに寝かせてきたところで、くたびれて見えた。

「大変な一日でした?」

トビーはたずねる。帰宅してからちゃんと話す時間を取れていなかった。

ギデオンは紅茶を傾け、満足げな息をこぼした。

「そうだな。仕事、弁護士との電話」チラッとトビーを見る。「そしてまた仕事」

「それはそれは。順調ですか？」トビーは聞いた。「弁護士のほうですが」

「ん。昨日、事務所に話したことを再確認したいだけだった。問題は何もない。ただ……疲れた」そこで彼はニコッとした。「だが、家はいいな。ベンソンとのお風呂やごはんタイムは一日の癒やしだよ。今日の夕食、とても美味しかった、ごちそうさま」

「どういたしまして」

「百パーセント、きみなしではとてもやっていけなかったよ」

胸骨のすぐ裏でトビーの胸がカッと熱を持つ。

「あなたならできましたよ」

とはいえ、独力でやりくりしようとするギデオンを見たいわけではない。

ギデオンは鼻を鳴らした上に、じろっと目で天井を仰いだ。

「とても実現可能とは考えられないね」

愛嬌のある笑みを見なかったふりで、トビーはテレビのベーキング番組へ目をやった。

「うわひどい、バナナブレッドを焼いてる。あなたがあんな話するからですよ」

深く、温かいギデオンの笑い声が上がり、トビーはその声で自分がどれほど浮かれた気持ちになるかに気付かないふりをした。

翌日は、『ル・ポールのドラァグ・レース』を連続視聴し、その次の夜には南の島にあるバカみたいに金がかかった豪邸の番組をたっぷり見た。ラズベリーティーとダークチョコレートのかけらにありつきながら一緒に笑っておしゃべりにふけって、もうこれはこれまでの仕事とはまるきり違うと、トビーも自覚していた。

これまでは夜はいつも自分の部屋ですごしてきた。常にプロとしての距離感を守ってきた。どの依頼人とも、一緒にすごしたいなんて思ったことはない。

だがギデオンは、ほかの誰とも違うのだ。

まず、彼はシングルファーザーだ。ひどい別れ方をしたせいでトビーと一緒にすごす時間を楽しんでくれている。

そして、彼はゲイだ。これまでトビーの雇用主は全員明確な異性愛者《ヘテロセクシュアル》で、もちろんそれ自体はまったく問題ではない。ただ、性的マイノリティ同士として、相手の元で働きながら、仲間意識を感じていた。とりわけ、最高の親になろうと精一杯奮闘している相手となると。

トビーは彼を尊敬している。

共感している。理解もしている。

気にかけている。

「週末の予定は何かあるのかい？」

ギデオンがたずねた。トビーは番組が終わっていたことにやっと気付く。残りの紅茶を飲み干した。

「家族との混沌の食事会かな？」

トビーは笑顔で首を振り、

「いいえ。兄がクラブに行こうってうるさくて。そろそろぼくも逃げる口実が尽きたから」

ギデオンの表情は、何かひどいものを食べたがコックに失礼は言いたくないと我慢しているかのようだった。それから笑顔を作ったが、やはり上辺だけのものだ。

「行ってくるといい。楽しまないと」

「ジョシュにとってのお楽しみですよ。ぼくはそうでも。どっちかというと、家が落ちつくタチなので」

ギデオンがトビーと目を合わせて、さっきより自然な笑みを浮かべた。

「俺もだ。まあ、今は。もうそういう遊びには歳を食いすぎたよ」

「そんな歳でもないでしょ」

「体はそう言ってるのさ。日曜の夜にベロベロになったダメージもまだ回復していない」

トビーはクスッとする。「それはスコッチじゃないでしょ。狭いソファとか床で寝てたせいですよ」

「その全部のせいだ。絶対に」

「じゃあそういうことで」トビーはつい微笑を返していた。「でも、聞きますけど。ベンソンがいなかったとしたら、ただの独身で何に気を使わなくてもいいとして、好きなことをできるなら、この週末は何をします？」

ギデオンは短く考えこんでから、溜息をついた。

「スウェットを着てカウチでくつろぎ、ラズベリーティーを飲みながらタイのリゾート島にある常識外れの豪邸の番組を見てるだろうな」

トビーは笑う。

「まさかあ」

「間違いないね」

ギデオンは足をつき出して自分のスウェットを強調し、ティーカップをはじいてみせた。

「まさしく、これぞ夢の暮らしだ」

それにトビーは笑顔を返す。そう、これは彼にとっても夢の暮らしで――。

口に出しては言えないけれど。

その翌晩きっかり六時に、ジョシュがトビーを迎えに車を停めた。これで四十八時間の休日が始まるし、頭を整理してよく冷やさなくては。それこそ、すぐにでも。

三〇分ほど前に帰宅したギデオンはベンソンに食事を食べさせていた。出勤用のスーツのままカウチに座り、ベンソンにミルクを飲ませながら、二人そろってニコニコしている。

トビーは振り切るように去らねばならなかった。

ジョシュの車の後部にバッグを放りこんで、助手席に乗りこむ。

「よっ」と、ジョシュがいつもの明るい笑顔で言った。「まず保護者付きのディナーに行くぞ、ママが許さないからな。その後お出かけだ。今回は逃さねえって……」

言葉を途切らせてトビーを見つめ、

「一体どうした？」

トビーは兄にさっと視線を向けたが、胃がでかい結び目を作っている気分だった。

「多分、ぼくはヤバい」

ジョシュが笑みを消す。「どういう意味だそれ。何かあったのか」

「ううん、何も悪いことは起きてない。むしろその逆かな。どうだろ。うーん」

「マジでか。惚れたんだろ！」

「やかましい」トビーは凄んだ。「車出したらどうだ？　いつまで家の前に場違いに居座ってるんだ」

ジョシュはエンジンをかけ、ニマニマと笑っていた。「トム・セレックの口ひげにハマったか」

「ハマったとかじゃない。単に……あれこれ考えているというか……てか、考えすぎているというか、」

トビーはふっと鋭い息をついて、『これ以上聞くな』と言うように両手をつき出した。

「あの人はぼくの雇い主だしぼくは彼の家に住んでいるしこんなのはどうかしてるし最後には

泣くことになるんだ。ぼくが、ってことだよ。あの人がヤバいくらいカッコいいとかめっぽう優しいとか面白いとかは何の――」

「うっわ。マジ惚れじゃねえか」

「運転してくれませんかね」

ジョシュは車を出し、一、二ブロックほどは黙っていた。多分、それくらいだろう。トビーの思考はぐちゃぐちゃでそれどころではない。

この間の土曜に起きたギリギリのキス未満の話を、兄にするつもりはない。どれだけキスしてほしかったかも言うものか。毎晩紅茶ばっかり飲みながら二人でおしゃべりしていることも、昼休みに毎日FaceTimeで顔を見ていることも。まあFaceTimeはベンソンのためだけれど、子供を見た時のギデオンの笑顔や、子供に話しかける声は、トビーの一日のハイライトだ。

どれも、ジョシュに説明なんかできない。どうせジョシュは分別くさく『やめたほうがいい』とか『別の家で働くべきだ』なんて常識を説くだろうし、そんなことトビーは聞きたくないのだ。

「トブっち」ジョシュが呼んだ。「俺が今何考えてると思う?」

トビーは溜息をつく。「今は聞きたく――」

「お前に必要なのはさ、今夜出かけて、酒かっくらって、その辺の男と楽しむことだよ」

おっと。

トビーは兄を凝視して、ぷっと笑った。その言葉は予想外だった。だがもしかしたら、たしかにそれが必要かもしれない。誰かと寝たのはもう随分前だ。寝たというか、ロンドンのナイトクラブのトイレで酔っぱらって手でしごいた程度だが……。

あー、相当ご無沙汰。

「それ」と、トビーは答えた。「もしかしたら、そのとおりかも」

8

「まずいことになっていると思う」

と、ギデオンは言った。豚肉入りのギョウザを刺して、ローレンとジルに渋い顔を向ける。

彼らはローレンお気に入りの日本食レストランに来ており、ベンソンはベビーカーでお昼寝中だ。

ベンソンは土曜も日曜も朝寝を拒否で、どうやら彼を朝寝させられるのはトビーだけらしく、そしてギデオンはトビーではないのだった。

「まずいことって?」とローレン。「弁護士には話したって――」

「いや、違う。手続きは問題ない。というか、問題があるからやっているんだが、弁護士にまかせてある」

ローレンが手をのばしてギデオンの拳を包んだ。「じゃあ、まずいことって、誰と？」

ジルが「トビー」と答える。

ギデオンは溜息をつくと、食べるのを諦めてフォークを下ろした。胃が派手にぐるぐるしている。

「そう。トビーだ」

ローレンが「おやまあ」と痛ましそうな顔をする。

「俺は、彼をそういう目で見るべきじゃないんだ。誰のこともそういう目で見ていい時じゃない。俺はそういうのは必要ない。男はもう一生こりごりだ」

ギデオンは溜息をついた。

「だが、彼は……」

ローレンが小首をかしげ、

「彼は？」

「彼は、俺がドリューに望んでいたものをすべてそなえているんだ。俺にとって必要なものをすべて持っている。だが俺は必要を満たしてもらうために彼を雇っているわけで、こうして言葉にしてみても不毛だが、状況はそれ以上に救えない。何てことだ」

　ギデオンは額に手を当てた。

「俺たちは毎晩くだらないテレビ番組を見てて、彼は気配りがあって優しいし、愉快だし、ベンソンへの接し方もそれは素晴らしい。彼を見るとベンソンの顔がぱっと輝くんだよ」と胸を押さえた。「俺は、とんでもなくまずいことになってる」

　ローレンは長い間黙っていたが、ジルとチラチラ目を見交わしているのをギデオンは見逃さなかった。

「そうだね」ローレンが切り出す。「じゃあ、客観的に考えてみようか。彼は、すべてがボロボロだったあなたの人生に現れた。あの時、あなたは疲れ切って限界だった。トビーはまさに救いの手だった。だね？」

　ギデオンはうなずいた。

「そのとおりだ」

「トビーのおかげで人生が上向いた。相当に」

「ああ。まさに百パーセント」

「だから、ついそういう目で見てるってことはない？　ドリューに求めてたものすべてがトビーにあるって言ってたよね。それって具体的には？」

「思いやり。気配り。優しさ」

「ベンソンに対しての」

「そうだ。彼は本当にベンソンに対して完璧なんだ。ベンソンだけじゃなく、俺に対してもなんだが。彼とはよくしゃべって、笑っている。ドリューがいた時よりずっと。朝はお互いにコーヒーを淹れたりトーストを焼く。毎日じゃなくて」

と、付け加える。

「時々のことだ。ああ、まずいことになってる」

ローレンが彼の手をポンと叩いた。

「感情を取り違えてるだけってことはない？　ドリューにぞんざいに扱われて傷つけられて、その後現れた男に優しくされてさ。私が言ってるのはつまり、誰かに雑に扱われた後、人に親切にされると、それを愛情と勘違いしがちってこと」

その理屈はわかるし、ローレンの率直さは優しさからだともわかっている。ギデオンは一つうなずき、頭をかかえて溜息をついた。

「この週末、彼は兄にナイトクラブへつれていかれてるんだ。どこかの男とお楽しみかもしれないって、そんなことばかり考えてる」

「あーヤバいわ」とジルが呟く。

ギデオンは顔を上げて彼女を見た。

「だろう！　だってだ、彼は兄とクラブに遊びに行って楽しむべきだし、好きな相手とくっついていいはずだ。若くて、独り身で、あれだけの見た目だぞ。だが、くっ、彼が誰かと遊んでいるかもと思うと……俺はほとんど眠れなくて、トビーがせっかく一週間かけて作ったバンソンの睡眠サイクルをぶちこわしてしまった」

「んーとね」ジルが鼻に響かせた。「ここの『ヤバい』は『マズい』って意味じゃなくて『ヤバい、それ彼に本気でしょ』のほうだから」

ギデオンは唸って、頭をがっくりとのけぞらせた。

「そうならないよう努力はしてるんだ、こんな実りのないことは。ないことにしようとしてきたんだが、キッチンでキスしそうになって以来——」

「今なんて？」

二人が口をそろえた。

ギデオンは溜息をつき、

「トビーにハグされて、いやあの時は俺が——」

ローレンが目を見開いた。

「ハグされた？」

「ふうむ、わかった、ギデオン。私はあなたがだーい好きだから」と、ジル。「聞いちゃうけど。別にどっちの答えでもかまわないから。で、私たちは説得してあなたを諦めさせればいいの、それともその気持ちをかなえたい？」

ギデオンはまじまじと彼女を凝視した。

「どうだろう……どっちも。いや両方駄目だ」と首を振る。「いや、諦めろと説得してくれ。これはとんでもなく不適切なことだと、救いの手にすがりついて台無しにしようなんて愚かなことだと。俺は彼の雇用主なんだ。まさしく。彼はうちに住み込んでいるし、俺の人生にはこの先も彼が必要だ。住宅ローンをフルで払いながらベンソンの面倒をすべて見ることはできない。ベンソンを育てて養うためには、トビーがいてくれないと困る」

ローレンが悲しげに微笑した。「たしかにどれも大事だね」

「きみの話ももっともだしな！　優しさを愛情と取り違えているんじゃないかというやつだ」

ギデオンはこくこくとうなずく。「じつにありそうなことだろう。たしかに俺は、男から大事に扱われてこなかったかもしれない。多分。情けない話だが」

「客観的な意見を言ってるだけだよ」ローレンが答えた。「あなたの幸せが一番だけれど、その幸せって、あの家があってベンソンがすくすく育ってこそのものだしね」

ギデオンはうなずいた。

「両取りすればいいじゃない」と、ジルがあっさり言った。

「ジリー」ローレンが言い返す。口調と同じ警告の色が目にもあった。「何言ってんの」

ジルは微笑んだだけで取り合わない。「どうして両方ともじゃ駄目なのよ？　どうしてトビーとつき合っちゃ駄目？　合意があってお互い幸せなら、どこに問題が？」

「単純な話じゃないから」とローレン。「もし二人が喧嘩したり別れたりしたら新しいベビーシッターを探さないとならないよ。ギデオンはそれを避けたいの。トビーにいてほしいんだよ」

　眉間のしわが、ジルが納得していないことを示している。

「そりゃ単純じゃないでしょうよ。それに、客観的な見方はたしかに大事だと思う。でもギデオン、思い切って踏み出した先にすっごく素敵なコトが待ってるかもしれないでしょ？」

　ギデオンは二人ともを見つめて、溜息をついた。

「両肩から、小さい天使と悪魔に囁かれている気分だ。両方とも俺の判断を惑わそうとしてくる」

　ジルがそっと笑う。「あなたに幸せになってほしいだけよ」

「私もだよ」ローレンが加わった。「ただ、後先考えず流れに飛びこむような真似はしてほしくないだけ。いい？」

　ギデオンはローレンの目を見る。

「きみは昔からいつも分別があった」

　それに笑ったのはジルだった。「それはどうかしら。ま、私からはあと一つだけ。この週末、彼はクラブに遊びにいってるって話よね？　となると、ちょうどいい男を引っ掛けてるかもしれないし――」

「やめてくれ」

ギデオンは表情を歪めた。トビーがどこかの男といると思うと、胸がどろどろして気持ち悪い。

ジルがギデオンの腕に手をのせた。

「もしトビーがそうしてたなら、それが答えよ。あっちは同じ気持ちじゃないってことだから、無駄にストレスやトラブルの種を拾わないほうがいい」

「ただし」と、ローレンが付け加える。「誰かと遊んでこなかったとしても、あなたと添い遂げたいという意味だとは限らない」

ギデオンはうっとひるむ。「今日は正直、ジルのほうが好きかな」

それにローレンは笑って、

「まあ、自分の心境について彼に話す必要はありそうね。それができないようなら、全部忘れてしまうほうがいい」

それはまさしくそのとおりだと、ギデオンにもわかっている。ただ、それがこんなに難しくなければ。

「そもそも、俺にはまだ真剣な関係とかは無理だし」とさらけ出した。「一度全部忘れておこう。しばらくは自分のことだけに集中したい。自分とベンソンのことに。それ以外は抜きで」

ローレンはうなずいた。ジルもうなずいたが、形だけだった。

「でもねえ、キラキラして優しくて、息子をそれはとおっっっっってもかわいがってくれてるナニーがいる限り、そううまくいくかしらねえ」

ローレンとギデオンはそろって溜息をつき、ジルが肩をすくめた。

「何よ」と言って、ギデオンを見る。「ベロンベロンだったあなたを、彼がどんな顔で見守ってたか見たしね。心配で仕方ないって顔だった」

ローレンも一つ、吐息まじりに「そうだね」とうなずいた。

ジルの話はまだ続いている。「それに、今頃あっちも兄相手に、あなたを話題に同じようなお悩み相談中かもしれないじゃない」

ギデオンは首を振る。そんな話はとても信じられない。

「そう思いたいところだし、そうだったら夢のようだが、現実を見なくてはな。今の俺に他人のことを考える余裕はない。また誰かとつき合うとか、そういうことを考えられる心の状態ではないんだ」

うまくいけば自分自身を納得させられそうなだけの確信を、その言葉にこめた。

……うまくいけば。


六時直前、家まで歩くトビーは笑顔だった。ギデオンの好きな店から魚のグリル、フライドポテト、サラダを買ってきた。大きな寄り道でもなかったが、雇い主のためにわざわざ遠回りしてとジョシュには笑われた。

トビーはそれを聞き流した。このバカ兄がこの土日、ギデオンへの好意についてあれこれ言ってきたすべてを聞き流したように。

土日はとても長かったし、トビーは仕事に戻りたくてうずうずしていた。ベンソンに会いたい。ギデオンにも会いたいが、それは誰にも言えない秘密だ。

ジョシュには絶対。

玄関から入っていくと、ギデオンがスプーンを手にカウチに座って、ベンソンはゆりかご椅子にいた。

「おかえり」と、ギデオンが笑顔を向ける。

自分では止められない。トビーの心がたちまち安らぎ、まるで自宅へ帰ってきたかのような、暖かでふわふわした気持ちになる。これまで働いてきたどこでもこんなものを感じたことはない。

「どうも」と答えて、外泊用のバッグを置くと、テイクアウトの袋をかかげる。「好物の魚料理とサラダを買ってきましたよ」

ギデオンが、ベンソンを抱き上げて膝に乗せた。「ほーら、だーれだ?」と聞く。

トビーは料理をダイニングテーブルに広げ、ベンソンを抱え上げた。食べたというより浴びたんじゃないかというくらいファレックスまみれのベンソンは、トビーに口の中を見せて笑う。

「おやおやかわいいねえ！」

トビーはそう言いながら、ベンソンのスタイを使ってファレックスを拭ってやる。顔をそこそこきれいにすると、ぽちゃっとした頬に口を尖らせてチュチュッとキスの真似をした。

ベンソンが立てた笑い声が、トビーの胸の中で響く。

「俺のせいで、この子の睡眠サイクルを駄目にしてしまったんだ」

言いながら、ギデオンが皿とスプーンをシンクへ運んでいった。

「どうしてこうなったのかよくわからないんだ。きみがいなかったのは二日間だけなのに。だがすっかりボロボロだ。朝寝はしたがらないし、お昼時に長々と寝て、午後にもまるで充電するみたいにちょっと昼寝して、こんな時間に夜ごはんを食べるって」

トビーは小さく笑って、大丈夫だとギデオンの腕をポンと叩いた。

「何も駄目にはなってませんよ。きっとこの誰かさんは」と、ベンソンのぺちゃ鼻を優しくつつく。「自分はもう立派なわんぱくチッキーナッギーだと思って、朝寝はいらないと決めたんですよ。そんなものです」

ギデオンが温かいタオルを手にして、ベンソンの顔をきれいに拭った。

「ありがとう」と、トビーへ小さく微笑みかける。

まさに目の前に、トビーがどうして心乱れる週末をすごしたのかの答えがあった。

この微笑み、優しい目、喉にかかる温かな笑い……。

「夕食を買ってきてくれてありがとう」とギデオンが言った。「それも俺の好きな店で」

「ぼくもあそこの魚料理が大好きなので」

トビーは答えた。もっとも、フィッシュ・アンド・チップスをほかの店で買ったことはなく、帰国してから知っている唯一の店なのだが、それはいい。

ギデオンがこんなふうにトビーを見てくれるなら、どんなことにも目をつぶろう。

そうして、ベンソンがベビージムの下で楽しそうに寝そべっている間、トビーとギデオンは夕食にありついた。

「土日はどうだったんです？」トビーは聞いた。「誰かさんが朝寝の卒業を決めた以外は」

「なかなかだった」とギデオン。「何一つできなかったよ。きみがどうやって全部こなせるのか不思議で仕方がない。いや、俺も洗濯をちょっと片付けたし、今日はローレンとジルとのランチにも出かけられた。でもそれだけだ。それしかしてない」

「いい週末のすごし方じゃないですか」

嘘でも皮肉でもなく。

「きみのほうは？」

ギデオンがたずねた。サラダをフォークでつつき回してさりげないふりをしようとしているようだが、あべこべにもっと……気にしているように見える？　緊張している？

「ジョシュにクラブへつれていかれると言ってただろう？」

「うぇえ」

トビーは顔をしかめた。

「金曜の夜に行って。まあ、そこそこでした。やかましくて落ちつかなくて。ちょっとしか飲まなかったんですけど、いや参りました、夜遊びはぼくには向いてない。十八歳の頃ならアリかもだけど、今はもっと――」

と、二人の間を手で示した。

「こっちのほうがいいですよ」

言ってしまってから、手遅れながら己の言葉に気付いた。

「いや、こっちっていうのはぼくら二人がどうってことじゃなくて」と、またバカげた感じに手を振る。「別にぼくらがそういうとか――そんなふうに考えてるわけじゃ――」

（黙れトビー、口を閉じてもうしゃべるな）

顔が燃えるように熱くて今にも汗が噴き出しそうだ。「つまりぼくが言いたかったのは――」

意外にもギデオンが笑い声を立てた。

「何が言いたいかはわかるよ。俺もこっちのほうがいい」と二人の間にフォークを振り、続いてベンソンを指し、それから部屋全体を示す。「俺もクラブでの夜遊びより、いつでもこっちを選ぶね」

視線が合って、トビーはじっと見つめ返した。ブルーグレイの瞳の中に何かが揺れている。

この目つきは？　どういう意味だ？

トビーの思考が取り散らかっているうちに、ギデオンがさらりと肩をすくめた。

「十八歳のお年頃で大学にいた頃でも、俺はパブやクラブより寮の部屋で軽く飲むほうが好きだったよ」

「手間もかからず、出費も少ない」

「バカの相手もしなくていいし」

「あーそれ、マジにそれですよ。ジョシュがまさにそのバカ。ぼくは夜通しあいつのお守りをして、無事に帰りつけるようにしてました。トイレで誰ともつるまないよう見張って」

「彼は、きみに飲ませるつもりでつれ出したんじゃ？」

「そうなんですよ。作戦大失敗です。はっきり言って大失敗の夜でしたよあれは」

ほとんど一晩中、ギデオンとベンソンがどうしているのか思いを馳せながらすごしたなんてことは、絶対言わないが。

ギデオンの笑顔はどこか謎めいていた。読み違いでなければ、トビーの一夜がガッカリに終わって喜んでいるように見えるが。酔っ払ってトイレに男とシケこんだりしなかったことを喜んでいるような……。

まさか。

そう、トビーの勘違いだろう。

「それであいつは土曜に悲惨な二日酔いになって」と、トビーは続けた。「で、父さんから芝生の刈り込みをさせられてましたよ」

ギデオンがハハッと笑う。「そいつは手厳しい」

「自業自得ですけどね」

「てっきりきみから、二日間遊びふけって、名前も知らない男が眠ってる間にタクシーを呼ぼうと郵便物の山をあさって住所を探した話を聞かされるかと思ったよ」

トビーはふんと鼻を鳴らす。「やけに具体的じゃないですか。実体験ですか？」

ギデオンがクスッと笑った。「もう遠い昔のね」

トビーは最後の一口を平らげた。

「いいえ、二日間のどんちゃん騒ぎもなし、シケこんだ相手の住所探しでの郵便あさりもなしです。もっとも今は携帯で地図も見られるし、Ｕｂｅｒ《ウーバー》を呼べますけどね。でも、一切なしです。男もなし。だって今時のああいうとこの流行りって知ってます？」

トビーは首を振り、

「全然ナシですよ、ぼくにとっちゃ」

「もうずっとずっと長いこと、流行りは知らないな。携帯電話のマップアプリもＵｂｅｒもなかった時代だからね」

話がごく個人的な領域に踏みこみつつあるのはわかっていたが、興味津々だったし、どうせ気軽な火遊びの話をやけに具体的に振ったのはトビーではない。

「ご自分はまたいつかデート市場に戻る気になりそうです?」

さっとギデオンが視線をとばし、首を振った。

「いや……ないな。そんな気はしないよ」

トビーは空気を軽くしようとした。

「なるほどー。もしまたやる気になって、出会い系アプリじゃなく昔ながらのバーで出会いを狙う時のために言っとくと、ジョージ通りのクラブはオススメしませんよ」

ギデオンは吐息まじりに微笑んで皿を押しやった。

「人生のそういう部分はしばらくお休みだな」と答える。「今日ちょうどローレンやジルともその話になってね。しばらくは自分とベンソンだけのことを考えたほうがいいだろうって」

そして一瞬唇を噛んでから、

「きみはどうなんだ? シドニーに帰ってきた今、デート市場にとびこむ気は?」

トビーも首を振った。

「いやいや、忙しくてそれどころじゃ。それに、あなたとベンソンがいるから」

そこで硬直した。

「あっ、変な意味じゃなくて。つまり、忙しいし、あなたたちがいるから別に人恋しくもないしってことです。昼はベンソンがいて、夜はあなたで、それに週末には家族とも会ってるし。

別に深い意味なんかは――」

　ああもう、この余計な口がいつも災いの元なのだ。

　ギデオンがふふっと笑って、いいからと手を振った。

「俺も似たようなことをローレンとジルに言ったよ。きみとテレビを見て毎晩のように笑ってるから、ドリューがいた時以上だってね」

　そこでしまったというふうに、

「いや俺たちはそういう関係なわけじゃないが……」

　ギデオンが肩をすくめて話を切ると、二人して顔を赤くした。どちらかが今以上の墓穴を掘る前に、ベンソンからもう遊ぶのには飽きたとお知らせが来る。

　トビーは立ち上がった。

「ぼくは片付けをするので、その間あの子の寝る支度をお願いします」

　ギデオンも立ち上がる。

「ありがとう」と囁いた。「夕食」

　さらに何か言いたそうだったが、ベンソンをかかえてバスルームへと向かった。トビーは間を取って気を落ちつける。シンクの前に立って息を整えた。

　今の会話は明らかに個人的な域に踏みこんだもので、二人して相手とすごすのが楽しいと認めたに等しかった。二人ともここにあるもので満ち足りていて、ほかの誰かとの何かなどいらないと。

ギデオンが今その手のことは考えられない、というのはよくわかる。トビーだって今は必要ない……ほしいものは、ギデオンとの間にもうあるから。

それとも、もっとほしいのだろうか？

そのとおり。

この仕事と引き換えにしてでも？

ノー。

なら、自分の理性に踏ん張ってもらうしかない。

なのでトビーは夕食を片付け、自分のベッドを整えた。出かける前にシーツは洗ってあったのだが、敷く暇もなく金曜の夜にジョシュが迎えに来たのだ。

支度が終わると、つい廊下に立って、ベンソンを風呂に入れて歌いかけているギデオンの声に耳を傾けた。

脈拍が、ちょっとだけ上がる。

さらに後、ギデオンがベンソンをベッドに寝かせる時になると、意識を向けまいとしたが、トビーはもう何が聞こえるか知っていた。

「ダッダはお前が大好きだよ」という呟き。「月までひとっとびするくらい」

トビーの心臓がまたドキドキと乱れはじめて、それでわかった。もう、良識を盾にするには手遅れだと。

世界中の正論と理屈をこね合わせたって、どうにもならない。トビーはギデオンを特別に思っている。夜、別々ではなく一つのカウチに座って身を寄せ合いたい？　まさしく。あの口ひげのキスがどんな感触なのか知りたい？

それについては、もうたっぷり想像しまくった。

だからって、何も変わりはしないが。態度に出すつもりなんかない。

それこそルール違反だ。

「紅茶を飲むかい？」と、ギデオンに聞かれた。

彼が子供部屋から出てきた音に、トビーは気がつかなかった。

「うん、そうですね」早口に答えながら胸を押さえる。「すみません、ぼうっとしてて」

(あなたとキスする想像をしてたから)

ギデオンがじっとトビーを見つめていた。

「ラズベリーティーでいいかな？」

「うん。お願いします」

トビーは、ギデオンを見るたびに腹にざわつく感覚を無視しようとした。だが二人は毎晩一緒にテレビを見たし、紅茶を飲んでたくさん笑い交わした。トビーは幸せと、混乱と、少しばかりの胸の痛みをかかえてベッドに入るのだった。

この一週間、もう毎晩。

そして、毎日の昼時に仕事場のギデオンとFaceTimeで通話をするたび、画面に彼の笑顔が映ると胸がパタパタしたざわめきで満たされ、鼓動が乱れるのだった。

いや、ギデオンの笑顔はほぼベンソンに向けられているのだが、それでもトビーがベンソンをかかえて「ダッダにバイバイしようね。おうちに帰ってくるのを待ってるよって」と言いながらベンソンの小さな手を振る時、ギデオンのまなざしがやわらいで、向けられる微笑がトビーの心をきしませるのだった。

『ありがとう』

と、そっと言うのだ。まるでそれが二分間のビデオ通話ではなく、トビーからもらったかけがえのない贈り物であるかのように。

毎日。

そして、毎日胸にくすぶるものは、段々と無視しがたく育っていく。

木曜日、ベンソンは一日中ご機嫌斜めだった。乳歯の生えかかりで、下の歯が二本、あと少しで出てきそうだったし、ギデオンとの通話の間もずっと自分のげんこつをかじりながら泣いていた。

『俺が帰ったほうがいいだろうか?』とギデオンが聞く。

「いーや、大丈夫」トビーは答えた。「お疲れのせいもあるんですよ。お昼寝したらきっと気分も良くなるでしょう」

ギデオンがうなずく。『夕食を買って帰ろうか?』

トビーは首を振った。

「気にしないで。スロークッカーに鶏肉でも放りこみますから。TikTokで見たてりてりチキンのレシピで。あなたが帰ってきたら米を炊いて」

「てりてりチキンが何かは知らないが、まかせるよ。なんだか美味しそうだしね」

ギデオンがあの特別な笑顔を見せる——一人だけに向けられた微笑。トビーの心を割る微笑。

バカなことを言ってしまいそうで、トビーは横を向いた。どのみち通話を切る頃合いだしと、ベンソンの手を振る。

「バイバイ、ダッダ、って言うんだよ」

ギデオンが画面に身をのり出して手を振り返した。

『ベンソン、トビーのためにいい子にしてるんだぞ』

それからさっとトビーと目を合わせて、見つめる。

『必要な時はいつでも電話してくれ』

「はーい」

ギデオンが帰宅すると、キーや財布を置く間すら与えない勢いで、トビーは飛行機スタイルのベンソンをギデオンの腕の中まで運んでいった。

「ダッダの抱っこが恋しいらしいですよ」

ギデオンは息子を抱きとって頬にキスをする。「まだご機嫌斜めかな?」

トビーはベンソンの背をさすり、

「少しだけ。かわいいもんですよ。癇癪《かんしゃく》とかじゃなくて、ぐずりです。歯の前触れウンチもしたし、あれは気持ち悪いんですよ。かわいそうに。夕ごはんは少し食べてて、でも早めにお風呂してミルクを飲んで寝たいかもしれないです」

ギデオンはニコッとして、風呂のほうへ歩き出した。「夕食のいい匂いがするね」

トビーは鶏肉をチェックした。ＴｉｋＴｏｋで見た動画とはかけ離れて見えたが、きっと冷凍の鶏肉を使ったせいだろう。スロークッカーに入れたのが遅かったので、火が通っているか二度確認した――鶏肉はいつもそうしている。

皿に盛って、申し訳なさそうに言った。

「あまりてりてりしてないですね」

動画で見たよりちょっと水っぽい感じがするし――。

「美味しそうだよ」と、ギデオン。

味は美味しかった。最高傑作とは行かないが、十分合格なくらいには。それに作り方も簡単だったし。

食事がすむと、トビーが片付ける間にギデオンがベンソンにミルクを飲ませ、ベビーベッドに寝かしつけた。

戻ってくるとすぐカウチに座る。二人でテレビ番組を眺めたが、しばらくするとトビーはギデオンがもぞもぞしているのに気がついた。腹を押さえて顔をしかめている。

トビーもじつは似たような気分だったが、認めたくない。

「紅茶でも淹れましょうか？」

ギデオンが首を振った。「いや。今夜はいらないと思う。悪いね」

ありがたい。

トビーもなるべくなら遠慮したい。

「シャワーでも浴びることにするよ」と、ギデオンが言った。

トビーはうなずいたが、そこに座ってるうちにますます具合が悪くなってきた。パジャマに着替え、炭酸水でも飲めばマシにならないかと思案する。

その時、ほてりや冷や汗が、そして胃の痙攣が始まった。

ギデオンの様子を確かめにいくと、ベッドの縁に腰掛けていた。元気がないし顔色が悪い。

「大丈夫ですか？」

ギデオンが首を振る。

「ぼくもです」

震える息を吐き出したギデオンが、続きのバスルームへ駆けこんでいった。嘔吐の音が聞こえた途端、トビーの胃もぐるぐるよじれて暴れ出し、彼もあわてて自室のトイレへと走った。

あやういところで間に合った。

バスタブの縁に座りこみ、どんどん具合が悪化していくのを感じる。熱さや冷たさが交互に襲ってきて、汗ばんでは身震いする。しかも胃の痙攣がひどい。くり返し幾度も吐きながら、冷たいタイルに倒れこみたいのをやっと我慢する。

どうにかしてタオルを探し当てた。数枚を濡らすと、ギデオンのドアをノックする。うめき声とトイレを流す音だけが返事だった。

ギデオンは洗面台によりかかっていて、顔は生気のない緑色だった。

バスルームの鏡を見ると、トビーのほうも似たようなものだ。

ギデオンにタオルを手渡した。

「多分、鶏肉が傷んでたんですよ」と言った。

トビーの言葉を聞いた途端、ギデオンがまた嘔吐し、トビーも自分の側のトイレへ駆け戻らないとならなかった。

地獄のような時間の末、ついに下痢が始まると、トビーは立派に自立したいい大人なら当然するであろう行動に出た。

携帯電話を探し出し、救いを求める電話をかけたのだ。

「ママ？」

9

食中毒。

壮絶で言葉に尽くしがたく、相手を選ばない。

情け容赦ない。

こんなにも具合が悪いのは、ギデオンの記憶にある限り初めてだ。

切れ切れの眠りの中、トビーを見た気がする。ギデオンのベッド脇で壁にもたれて床に座り、横にバケツをかかえていた。

こんなに気分が悪くなければきっと胸が温まる光景だっただろう。

そして幻でないと確信できたなら。

人の声を聞いたと思ったのも、幻聴かもしれない。女性の声。優しくて、遠い。

胃の痙攣と冷や汗、虚脱感のせいで、頭がまとまらない。むしろどうでもいい。

死神に小突き回されているようだ。それも、ただ愉快だからと死のふちでわざわざ引き止められて。

だから、ベッドのそばに現れた女性にひんやりした布で顔を拭われた時、てっきり天使が来たのだろうと――。

「俺は死んだのか……？」と、ギデオンはたずねた。

女性がそっと笑って、彼の額をぽんぽんと拭いた。

「いいえ、スイートハート」

「ベンソンは……」

「ベビーベッドでぐっすり寝てますよ」

ほっと安心して、やっとギデオンは眠りに落ちた。

またトイレに駆けこむ時まで。

いっそトイレで眠ろうかと思ったくらいだが、何とかベッドまで体を引きずるように戻ると――ベッドの逆側にこんもりとした塊ができていた。

いや、塊じゃない。

人間だ。

トビーだ。

ギデオンのベッドに？

夢に違いない。

トビーも調子を崩しているのは知っていた。この悪夢の始まりあたりで、具合が悪いと言っていたからだ。

だが今のギデオンは、何か考えるにはあまりにも病んでいて、苦しみ、疲れ果てていた。

そこでただベッドの中に戻ると、目をとじた。

トビーも彼と同じほどひどい状態なら、朝にベンソンの世話をするのは無理だろう。ギデオンが起きなくては。父親なのだから面倒を見るのは彼の責任だ、病気だろうが何だろうが。ただこの痛みや嘔吐、下痢が、ベンソンの起床時間には治まっているよう祈るしかない。

あと、ほんの数時間で。

きっとその数時間でもっと回復して……。


はっと起きると、ブラインドの向こうが明るかった。携帯電話をつかんで時間を確かめる。

午前八時三十四分。

ギデオンはベッドからとび出し、その時になってやっと隣でトビーが寝ていることに気付き――幻覚ではなかったようだ――ドアへ駆け寄ったが、そこで胃が荒ぶる抗議を始めた。

片手で腹を押さえ、もう片手を壁について廊下へ出た。子供部屋のドアは開いていて、どこかでテレビがついており、居間からベンソンがきゃっきゃっとしゃべる声が聞こえてくる。

何だ？

入っていくと、ギデオンのカウチに女性が座っていた。ゆりかご椅子ではベンソンがげんこつをくわえてニコニコしている。

「あらまあ」

その女性が言った。五〇歳くらいか、髪は茶色いボブカットで優しい顔立ちだ。

「ベッドにいなくちゃ駄目でしょう。ひどい顔色よ」

ギデオンは腹を強く押さえた。もう吐くものは何も残ってないはずだが、胃のよじれはひどいものだ。

「あー……どうも……？」

「私は、トビーの母のカーラ。夜更けにあの子から電話が来てね、あなたの大事なこの子の面倒を見てほしいとたのまれたの」

頭がくらくらする。

「いい判断よ」とカーラが続けた。「どっちもそんな状態じゃ無理だものね。それにこのジェリービーンズちゃんたら見たこともないほどかわいい赤ん坊だし！　お砂糖みたいにスイートで」

立ち上がった彼女にうながされて、ギデオンは寝室へ追いやられる。

「だからゆっくり休んでちょうだい。ベッドに戻って。後のことはまかせなさい」

まるで自分が『トワイフイト・ゾーン』の話に迷いこんだ気分だった。

「トビーをあなたのベッドに寝かせてるのは、あっちでトビーが少し吐いちゃって、片付けないとならないからよ。それにこっちのほうがトイレが近いし」言いながら、彼女が手を貸してギデオンを横たわらせる。「だから、具合が良くなるまで、あの子の部屋には私が泊まりますよ」

頭を枕にめりこませながら、ギデオンは呻いた。何を言うべきかわからない。この女性に今言われたことのすべてにとらえどころがない。

まだ夢を見ているようで……。

次に目を開けると、ベッドサイドにグラスが置かれたところだった。

「スポーツドリンクですよ。飲めそうな時に飲んで」

彼女はギデオンの額に手を当てた。

「熱は下がってきてるわね。このまま治まるまでがんばるしかないでしょうねえ」

額に手を……？

飲み物を持ってきてくれた……？

ベンソンの世話をしてくれている……？

彼女、さっきベンソンを『ジェリービーンズ』と呼んだか……？

隣でトビーが呻くように「ママ?」と呼んだ。

「あらまあ、スイートハート」彼女はトビーの側へ移動する。「あなたにもスポーツドリンクを持ってきたわよ。気分はマシになった?」

「ベンソン」と、また呻いている。

「元気にしてますよ」答えて、彼女はトビーの熱も手で測った。「もっと休んで、二人とも」

母親的なものに世話を焼かれるのがあまりにも久しぶりすぎて、ギデオンはどう受け止めていいのか混乱していたが、とにかく今はありがたい存在だった。

すっかり精根尽き果て、全身がきしんでいる。言われるまま、おとなしく目をとじた。

目を覚ますと背中にトビーが寄り添って、動くのもつらそうに呻いたところだった。トビーのぬくもりが背中に染みこんでくる。

男の体温など、もう長いこと感じていなかった。こういうぬくもりにどれほど飢えていたのか、今まで気付きもしなかった。こんなにもふれ合いに飢えていたのか? 心がなごむのは、弱っているからかもしれない。ああ、とても気持ちがいい……。

目が覚めると、ギデオンは逆の壁を見つめており、トビーの体に腕を投げかけていた。トビーは仰向けで、そしてぐっすり眠っている。助かった。

ギデオンは腕をのけたくない思いにかられた。このままでいたい。許される限り長く、このぬくもりを味わっていたい。

だがそこで、トビーがごろりとこちらに寝返りを打ち、ギデオンの腕が二人の間に落ちる。うっすらと、わずかにトビーの目が開き、ギデオンは息をするのも恐ろしくなった。

トビーが、微笑みのようなものを浮かべて眠りに戻る。もう土気色ではないが、顔色はまだ青白い。

そして、なおもきれいだった。

寝顔は、いつも以上に。

ギデオンの胃がよじれて踊り、まだ食中毒が攻勢なのだと知らしめる。目をとじた。

呻きながらベッドから転がり出すと、ほうほうの体《てい》でどうにかバスルームへ向かう。すませると、両手を外科医のごとくこすり洗いし、顔も洗い、やっとのことでベッドまで帰り着いた。スポーツドリンクを飲んで、唸りながらまたマットレスへ沈みこむ。

「ちょっと、参った」と、トビーが呟いた。

「んー、んんん」と、ギデオンも同意した。

次に目が覚めると、やっと起き上がってベンソンの様子を見に向かった。カーラに座らされたベンソンは一緒に映画を見ていて、とても楽しそうだった。

「本当に、申し訳ない」ギデオンは声をかけた。「おかげでとても助かりました。この子は問題ないですか？　何か要るものはありますか？」

「全然大丈夫。今日は二人で最高に楽しくすごしたんだから」返事をして彼女は眉を寄せた。「ベッドに戻ったほうがいいねえ、ハニー《ハン》」

ほんの数メートル歩いて数分立っていただけなのに、もう衰弱しているのを感じる。

「そうですね」

ギデオンはうなずいた。ベンソンを抱きしめたいし抱っこしてあやしたかったが、病気の間にそばに寄るのは避けたい。

「この子は大丈夫」彼女が、今度はそっと言った。「でもあなたはまだ安静にしてなきゃ」

全身が重く、ヒリついていて、ギデオンはよろよろとベッドまで戻った。また水分を取ると、枕に頭をぐったり沈めた。呻く余力もなかった。

ドンとトビーに突き飛ばされて目が覚めると、彼がトイレへ駆けこんでいくところだった。どうやら、気がつかないうちにまたトビーの上にかぶさっていたに違いない。やっとのことで戻ってきたトビーはひどい顔をしていた。

「大丈夫か？」と、ギデオンは聞く。

トビーの両目はとじられて、眉間に険しいしわが刻まれていた。

「ケツの穴がこんなにヒリヒリするのは、パリでのセックスパーティー以来で……」

ギデオンはまじまじと彼を見つめる。トビーの目がパチッと、何を――そして誰に――言ったか気付いたように開いた。

ギデオンは笑い出していた。どっちが愉快なのかはわからない、トビーの話か、その表情か。だが腹を押さえていないとならなかったし、背中の痛みもひどい。その笑いはすぐに苦悶の呻きになった。

トビーがごろりと、離れて転がる。

「今のは聞かなかったことに」

「もちろん《ビアン・シュール》」

一瞬の沈黙の後、トビーがふふっと笑った。それから彼も呻く。

「うう。笑わせないでくださいよ」と、ぼやいた。

ギデオンは微笑を浮かべて眠りに戻る。ほんの短い間だけ……次のトイレ通いまで。

次に目を開けると、また背中にトビーがくっついていた。色っぽさなんかまったくないし、愛情すら介在していないが。ただ純粋な、人肌の心地よさだけ。

具合の悪い時は放っておいてほしい人が多いというが、ギデオンは誰かにそばにいてほしいたちだったし、どうやらトビーもそうらしい。

動きたくなかった。トビーとくっついたままできる限りこうしていたいのだが、全身が痛む。それこそずっとベッドにいたので、シャワーも浴びたいし、歯も磨きたい。

そして何より、まずベンソンに会いたい。

トビーを起こさないように体をはがすと、ギデオンはベッドに腰掛けて腹具合を確かめた。わずかに好転しているだろうか。

ぬるくて味気ないスポーツドリンクを飲むと、腹が落ちつくまで少し待ってから、立ち上がった。そろそろとリビングへ向かう。電気はすべて消え、家は静まり返っていた。

外がもう暗くなっていたなんて気付かなかった。

一体何時だ？

廊下に戻ると、もう一つの寝室のドアが開いているのが見え、中のベッドに眠るカーラの姿があった。トビーの母が、ベンソンの世話をするために泊まってくれているなんて信じられない。

彼女の手を煩わせた心苦しさの一方、心底ありがたくもあった。

そして心の奥底では、ほかの感情もきざしている。切なさ。自分の母がここにいてくれたらと。トビーが母親にそうしたように、ギデオンも母に電話できたなら。

しかし、自分が孤独ではないという安堵もあった。

もちろんカーラが助けに駆けつけたのはトビーなのだが。胸のぬくもりは欠けはしない。彼女はまるで我が子のようにベンソンを慈しんでくれたし、それだけでギデオンの心は満たされる。

次にベンソンの様子を確かめた。ベビーベッドですこやかにぐっすり眠っている。子犬のパジャマ姿で。

ああ、やっと顔が見られた。

たった一日のことだし、ずっと同じ家にいたのだが。引き離されたり遠くにいたわけではない。だがベンソンの一日に不在だった自分が、失格のように思えるのだ。親失格のように。

体調不良だろうがなんだろうが。

ギデオンはそこに立ってベンソンを見つめた。その呼吸を、安らかで愛情に満たされた様子を。しまいに体が、今日の出来事を思い知らせてくるまで。これ以上はとても立っていられないと。どうやら五分が限界だ。

体が重く、痛くて、まだ気分も悪いし、惨憺《さんたん》たる有り様のギデオンはベッドに戻った。

「大丈夫、でした？」と、トビーが眠そうに聞く。

「ああ」ギデオンはもそもそ答えた。「きみのお母さんは天の使いだ」


次に目を覚ますと、トビーを後ろから抱きかかえていた。ギデオンの腕がトビーの腹あたりにのり、膝はトビーの脚に当たって、頬は肩甲骨のところに押し付けられている。

トビーに抱きつくなど、間違ったことだとわかっている。眠っている彼に接触するだけでも十分に不適切だ、たとえギデオンの意識がなかろうと。

だが、この上なくしっくりくる。

そう呑気にかまえていられたのも、腕の中のトビーが寝返りを打ってすり寄ってくるまでだった。ギデオンは硬直し、どうしたらいいのかわからなかったが、そこでトビーが何か不満そうな声でねだるような調子の寝言を呟いた。

仕方なく、ギデオンは腕を下ろし、ゆっくりと息を吐き出した。ギデオンの腕の中に戻ると、たちまちトビーの体がほぐれ、低いいびきがしてきて、ギデオンは微笑した。

本当に、こんなことが現実に？

しらふでどうやってこのことを話題にできるだろう？　それともなかったことにするか？迷うところだ。だがもし話し合えれば、せめて二人の現在地がもっとはっきりするだろう。トビーは啞然として笑いとばすだろうか？　それとも、ギデオンと同じくらい心が揺れていると言ってくれるだろうか？

答えなどわからない。この一日は地獄の底そのもので、おかげで二人の距離感が奇妙な状態になった。

どのみち、変化は避けがたいだろう。そして、ギデオンがまたトビーをこうして腕に抱いてベッドにいられる日が、すぐ訪れるとも思えない。

だから、これがとても間違っているとはわかっていても――直感的にはどれほど正しく思えても――ギデオンは、抱きしめる腕に少しだけ力をこめた。

トビーは、ギデオンのベッドで目を覚ました。

一人だ。室内は静かで、暗い。ギデオンはベンソンのところにいるのかも……。

体を起こすと、全身がズキズキするし、胃が剝がれそうだ。だが、ふれた感触は思い出せた。ギデオンと同じベッドに入っていたぬくもりと、安心感も。

熱に浮かされた夢のようでもあったが、数回、ギデオンを抱きしめて目覚めた記憶がある。

その次に目覚めた時にはギデオンから抱きしめられていたり。どこかの時点では、ギデオンの胸に頭をのせ、肩を抱かれていたようだった。

夢ではないはずだ。それとも夢ということにしたいのか？　それか現実にしたい？

（バカを考えるな、トビー）

首を振ると、続きのバスルームへ向かったが、ドアノブに手をのばしたところでもうもうと湯気に包まれたギデオンが出てきて、あやうくぶつかりかかった。

ギデオンはタオル一枚だけの姿で、髪は濡れ、その肌には、たどりたくなるような雫の線がいくつもついていた。

「おっと」と、ギデオンが言う。

「しまった。すみません」とトビー。「中にいたとは気がつかなくて」

見るまいと全力でこらえる……胸元、腹。腰に巻かれたタオル、それに隠された膨らみ。

「ええと……」

ギデオンがニヤッとする。「気分は良くなったかい？」

考えないとならなかった。

「まあ」

「熱いシャワーを浴びるといい。今の百倍はすっきりする」

「うん。シャワー」

こくこくとうなずく。バカみたいに。

ギデオンはまだ全裸に近い格好のままだし、まだその肌は濡れているし、まだすぐそばに立っている。

そして、今も素敵だった。

トビーは一歩下がった。「シャワー。名案」と呟く。そしてくるりと背を向けて、自分の側のバスルームへと逃げ出した。

息を整え直すのに少しかかった。

鏡に映った自分が見える。食中毒の影響がエグい。顔色はひどいし目の下はくまだし、かなりやつれた。

そしてその目には、悩みの色があった。一線を越えてしまったことを自覚している目だ。

別にギデオンと何かあったわけでもない。一つのベッドに寝たことと、時おり体を絡ませあって目を覚ましたこと以外は。あれだって意図的ではないし……だから、そう、トビーはギデオンと何もしていない。

でも、したいのだ。

母がトビーのベッドからシーツを剝がして、彼をギデオンの寝室へ、ベッドの中へ、彼女らしい有無の言わせなさで押しこんだのだった。

「あんたは休まないと」

と、母は言った。

「私はこれを片付けて、こっちのベッドを整え直して、ここで寝てベンソンの面倒を見るから」

そしてトビーは具合が悪すぎて、逆らうどころではなかった。気にする余裕もなかった。

あの時はとにかく横になりたかったのだ。

しかも、長く体を起こしすぎたせいで吐き気が上がってきていた。幾度目かの。それをすませると、ギデオンの寝室のトイレから出てきたトビーは、母に命じられていたとおり目の前のベッドに入って、そのまま眠った。

あれがどれほどまずい行為だったのか、染みこんできたのは今さらだ。

腕の中にギデオンがいるのが、あまりにも気持ちが良かったから。優しく背中をさする手、包みこむ腕。

あああああ。ヤバい。

トビーは耐えられるぎりぎりに熱くしたシャワーの湯で、体のベタつきと気分の悪さを洗い流そうとする。ついでに頭がすっきりして理性が戻ってくるように。

もちろん、そんな願いはかなわない。

いや気分は良くなった。たしかに。

でもやっぱり、今もまだ雇用主とヤリたい自分がいる。

体を拭きながら、鏡の自分と目を合わせることができなかった。自分にムカつきながら、スウェットを穿いてTシャツを着ると、己の愚行と向き合うべく部屋を出た。

ギデオンは床に座ってカウチにもたれ、膝にベンソンを乗せていた。ベンソンが大声できゃっきゃと騒ぎながらトビーに満面の笑みを向けた。

親子どちらのほうがかわいいかは、迷うところだ。

トビーが溜息をついてカウチに座ると、マグを手にした母がキッチンから出てきた。

「あらトビー、起きたの。二人に紅茶を淹れたよ」

マグをカウチのそばのテーブルに置くと、母はベンソンを抱き上げてスイングチェアに乗せる。

「砂糖入りミルクなしの紅茶よ、ギデオン」と、マグのほうへうなずいた。

ギデオンはのろのろと体を起こしてカウチに座った。

「きみの仕切り屋ぶりが誰の遺伝かよくわかった」トビーへ言う。手にした紅茶に顔をしかめた。「飲める気がしない」

「元気が出るから」言いながら、別のマグを手にカーラがやってきて、それをトビーに渡した。

「ほら」

「ありがとう、ママ」

「トーストは食べられそう？」

　二人とも首を振った。トビーは紅茶に口をつけてみる。子供の時から必ず、トビーが病気から回復しはじめる頃合いを見て、母はミルクなしの砂糖入りの紅茶とバター付きトーストをこしらえるのだった。ダンボールを噛んでいるように思える時もあれば、天国の美味に思える時もあった。

　だが毎回必ず、ちょっとだけ気分が良くなるのだ。

「シーツを取り替えてくるわね」カーラが廊下へ向かった。「ベッドを整え直そうね」ドアのところで足を止め、ギデオンを振り返る。

「リネン棚の中でお気に入りのシーツはある？」

　ギデオンは首を振り、

「ミセス・バーロウ、そこまでしてもらうのは」

「バカおっしゃい」彼女は廊下へ消えていった。「それと、カーラと呼んでちょうだい。ミセス・バーロウは私の義母だからね」

「言うなりになったほうが早いですよ」と、トビーは教えた。

　ギデオンが唸って、

「もう十分以上にしてもらっているんだ」

「母は世話焼きなんです。生きがいなんですよ。本当に。世話はいらないなんて言ったら傷つきますよ。特に、こっちの具合が悪い時になんて。ボス・ママのモードに入ってますから。だから呼んだんです」

　ギデオンがトビーに淡く微笑んだ。

「呼んでくれて助かった」そこでベンソンに目をやる。「そうでなかったら、どうなったことやら。家族のいないシングルの親の、一番つらいところだな」

　そっと付け加えた。

「誰も呼べる相手がいないんだ」

　ギデオンの悲しげな表情が、トビーの胸を締め付ける。その境遇に彼がいることが許せない。

「でも」と、トビーはのどかに言った。「もうあなた一人じゃないですからね。ぼくもいるし、ママもいる。うちの母を育てたのはイタリア人の祖母だし、あの人ならそりゃむちゃくちゃベンソンをかわいがるでしょうよ」

　ギデオンと目が合うと、そのまなざしには予想だにしていなかった深い悲しみがあった。

「ありがとう」と、ギデオンが呟いた。

　二人は少しの間ベンソンを眺めていたが、やがてギデオンが彼に微笑みを向けた。

「きみはロンドンで病気になった時、母親を呼べないのにどうしてたんだ？」

「んー、ロンドンでは食中毒をやらかさなかったので」トビーは答えた。「そのことですけど、本当に本当にすみませんでした。てりてりチキンはもう二度と作りません。というか、チキンはもうやめます」

チキンと聞いてギデオンも渋い顔になった。サイドテーブルに紅茶カップを戻す。

「いや、まだ紅茶は無理そうだ」

トビーも自分のカップを下ろした。「ぼくも」

「どうしてまだこんなに疲れてるんだか」と呟いていた。

カーラがリビングに戻ってくる。「はいはい、ベッドは両方ともきれいなシーツにしておいたよ。昨夜は一つのベッドに寝かせたけど、狭くなかったかい？」

二人して視線を交わし、トビーの頬がカッと熱くなった。ギデオンの耳の先も赤い。

「洗濯機を回してあるからね。乾燥機も」

カーラが自分がもたらした気まずい空気に頓着せず言った。腕時計をのぞきこむ。

「お父さんがそろそろ迎えに来るころだ。あの人をボウリングクラブまで送ってかないとならないからね。ゲームの日だから。あの人のことはよく知ってるでしょ」

ちょっと待て……トビーは陽光を時計の針代わりに読もうとするように窓の外を眺めた。

「今、何時？」

「じき四時だよ」

「四時？」

信じられない。

「ホントに？　ぼくらが寝てる間に？」

ギデオンがうなずいた。「そのようだ。しかも俺はもうベッドに戻りたい」

「トビー、あんたどうするの？」と母に聞かれた。「一緒にうちに帰る？　今日は土曜だからね。本当ならあんたは週末休みでしょ。私も今夜は泊まっていけないし」

土曜？

トビーは細い目で母を見た。

「金曜はどこにいっちゃったんだ」

「便器と見つめ合ってるうちに流れたんでしょ」と母。「大体は」

トビーはカウチにぐったりと沈みこんだ。「ママ。その言い方は気持ち悪いよ」

ギデオンが鼻息で笑う。

丸一日消えたのか。もうほとんど土曜の夜で、ということは今から行っても明日には戻ってくるわけだ。トビーは溜息をついた。

「今、車に乗るとか考えただけで……」首を振る。「ムリムリ。このままカウチでだらけて、バカ映画を見て、明日の夜まで動きたくないよ。ごめんね、ママ」

「そんなのはいいのよ」母がひらひら手を振った。「何も言わなくていいから。何だかんだで顔は見られたし、このべらぼうにかわいいジェリービーンズちゃんと一緒にすごせたしね」

彼女はベンソンのところへ行くと、お気に入りのイモムシのオモチャでベンソンの頬にキスをして、きゃいきゃい笑わせた。

道から車のクラクションが鳴って、立ち上がった母はバッグをつかみ、玄関へ向かった。

「冷蔵庫にもスポーツドリンクがあるからね。二人とも、紅茶が無理ならそっちを飲みなさい。水分をしっかり取って。それと朝にはちゃんと紅茶とトーストをいただいてね。トビー、また様子を見に電話をするからね。ギデオン、くれぐれもお大事にね、いい？　元気になればそのピカピカな赤ちゃんのお世話もできるから」

ギデオンはニコッとした。

「そうします。本当に、何もかもありがとう。あなたは救い主だ。この恩は一生忘れませんよ」

「お返しなら、ベンソンの抱っこで払ってもらいますとも。もっとあなたの具合がいい時に、またね」

そう言い残し、手を振って、母は玄関から出ていった。

少しの間、沈黙が落ちる。それからトビーはギデオンへ視線をとばした。

「あの人は本気で取り立てますよ」と告げる。「全額きっちり。利子付きで」

ギデオンはクスッと笑ったが、見るからに憔悴していた。「ベンソンにも異論はないだろうよ」

ゆりかご椅子を引き寄せると、イモムシのオモチャをベンソンの手に戻す。単に子供のそばにいたいだけかもしれない。何とも言えない。

「実際、きみのお母さんにはあやういところを尻拭いしてもらったんだ」

「それはぼくも」それからトビーは言い直した。「ぼくの尻拭いもしてもらいましたよ。昨日はベンソンの面倒を見るはずだったのに」

溜息をつき、

「もう土曜だとかマジですか。しかも残り少ないときた」と、周囲を見回して肩をすくめた。

「携帯もどこに置いたやら」

「きみは残る必要はなかったんだ……でも、いてくれてありがたいが」

感謝は気分がいいが、トビーは正直に答えた。

「まあ今夜と明日のベンソンの世話は、ぼくら二人がかりでやっとだと思いますし。でも真面目な話、今は車に乗ろうなんて考えただけで無理ってのも本気です。騒がしくて押し付けがましいジョシュにも耐えないとならないだろうし……」

口の端をひん曲げた。

「静かで、家中人があふれてもいないここに残って、ぼくら三人だけでくだらないテレビを見て一日カウチにへばりついてるってのは、もう。めちゃめちゃアリです」

ギデオンが、トビーの目を見た。

「俺も賛成だ」

　それから二十四時間、二人はまさにその言葉どおりすごした。ベンソンがおなかいっぱいで清潔で十分に抱っこされ、満ち足りているよう手を尽くしながら。そして二人は日曜日、ブランケットをかかえてカウチに陣取り、馬鹿げたリアリティショーを見てすごした。

　二人はもう一つのベッドを分け合うことはなかった。トビーには未練があったけれど。

　土曜の夜、トビーは寝室のドアの前で「今夜は一人で苦しまないとなりませんね」とジョークをとばしたのだった。

「添い寝仲間なしでね。食中毒もそう悪くないと思うくらいだったのに」

　餌を垂らしてみたのだが、ギデオンは——どこかあっけにとられたふうではあったが——食いつかなかった。

「冗談ですよ」

　トビーはそう言い足して流そうとした。冗談、のつもりで口にはしていたが、まあ本音は別だ。

「食中毒と引き換えにしてもいいものなんてありませんからね。おやすみなさい」

　ドアを閉めると、頭をゴツンとぶつけたかったが、我慢した。

（なんてバカなことを、トビー）

　日曜の夜にはベンソンを風呂に入れて食事をさせ、ベッドに寝かせてから、ギデオンとトビーはカウチにくつろいでミルクなしの紅茶を飲み、いつものベーキング番組を眺めた。

二人は昼のうちに何とかトーストを腹に入れていたが、どちらも紅茶やスポーツドリンク、塩味のクラッカー以上のものに手を出す勇気はなかった。

それぞれ端ではあるが同じカウチに座り、一枚の毛布を分け合っている。寒いからではなく、気が安らぐからだ。

「もークタクタです」トビーは打ち明けた。「何日もだらだらしてただけなのに、まだこんなに疲れてるなんて」

「ああ、俺も今夜はできるだけベッドから出ずにすごしたいよ」とギデオンが答えた。

「夜中にベンソンが起きたら、ぼくが行きます。あなたは明日会社でしょう。車を運転し、歩いて、オフィスに座っていないと」

トビーは顔をしかめた。

「ぼくより睡眠が必要なはずだ。ぼくは明日もまさにここですごすつもりですからね。天気が良ければ公園に行く気力を振り絞れるかもしれませんけど。お日様に癒やされるか打ちのめされるかはともかく、ベンソンは庭のお散歩じゃ物足りないでしょうし。明日の体調次第で決めますよ。ゆうべはよく眠れなかったし」

「俺もだ」と、ギデオン。「あまりに寝すぎたのかもしれないな」

トビーはうなずき、

「金曜日がどこに消えたのかまだ納得いきませんよ。きっとマトリックスが異常をきたしたか、ぼくらが日付変更線を超えちゃったとか、そんなんですよ。きれいに吹き飛んだ」

ギデオンがふっと笑った。

「添い寝仲間がいたのは覚えてるだろう？　最高の眠りだったじゃないか」

「そうでしたそうでした。やっぱりね！」

今になってギデオンがその話題を持ち出すのは、昨夜廊下で言及された時のたじろぎを思えば唐突だった。きっと丸一日振り返りの時間があったことで、話しやすくなったのだろう。

「ぼくは元からああなんですよ。そばに誰かいたほうがよく寝られる。睡眠の話ですよ。おかしな意味抜きで」

ギデオンの唇の端が上がった。「俺もだよ」

少しの沈黙が流れ、トビーはテレビを見ているふりをしながら、何を言えばいいか必死に頭を使う。……だが、ギデオンに先を越された。

「その話をしたいんだが」

と、彼から切り出してくる。

「あの事態について。何かあったわけではないにせよ、俺としては、きみが俺のベッドで眠ったことについてきっちり話し合うべきだと思う。俺もいたベッドで。雇用上のルールやモラルもあるし、はっきりさせておくほうがいいだろう」

ギデオンは真剣な表情で、口調は仕事モードだった。これは悪いニュースだと、トビーは確信する。

口がカラカラになって、心臓が喉元までせり上がってきた。

胃はずっしりと、床に沈みこみそうだった。

10

「えっ、何したって？」

ローレンの声が一オクターブはね上がった。

仕事場に近い道の先のカフェで、二人は軽い昼食をとっていた。いや、ローレンはしっかりパスタを一皿いただいている。ギデオンのほうはクラッカーとリンゴジュースだけだ。

「ギデオン、本気？」

ギデオンは溜息をついた。

「わかってるよ」

「最初から話して」

「うむ、始まりは生煮えのチキンだ」

「ゲロいところはとばして。あなたたち二人ともとんでもなく具合悪い間に同じベッドで寝たんでしょ、それどうなの。そこまでしんどい時にどうやって人を寄せ付ける気分になんかなれるわけ」

「気が休まるんだよ」

「で、何回か目を覚ました時には、お互い抱きついたり抱きつかれたりしていたと」

「そのとおり」

「で、昨日、彼に何かを言ったって？」

「あー、そのことで土曜に、彼のほうから先にふざけて話題に出したんだが、まんざら冗談でもなさそうな感じだったんだ。伝わるだろうか。なので、あえて言うなら持ち出したのは向こうが先だ。俺は不意をつかれて返事ができなかった。添い寝仲間のことを彼から言い出すとは、驚いてしまって。初耳の言葉だったし」

「なのにゆうべ、添い寝仲間になろうって彼を誘ったわけ？」

ギデオンはひるんだが、うなずいた。

「彼が、よく眠れると言ったんだ。俺もそうだと言った。雇用の上下関係もあるから、気が進まないなら理解できる、とも言ったんだ。彼は、乗り気な様子でにっこりした。ほら、相手の目が輝く時ってあるだろう？」

ローレンがうなずく。

「だがそこで彼は、やめておくほうがいいのだろうと言った。俺も納得した。我々のうち一人は理性的で賢明だったという話だ。俺ではなかったが」

「で、それから？」

「二人ともベッドに入ったよ。別々のベッドに」ギデオンは答えた。「その十分後、彼がこっちのドアをノックすると『何も言うんじゃない』と言って、俺のベッドにもぐりこんできた」

「それであなたはどうしたの」

「笑ったよ」

「そうじゃなくて」彼女が首を振る。「ベッドに彼が来て、それからどうしたの」

「二人とも寝たよ」

「寝た？」

「赤ん坊のようにぐっすり眠った。思えば馬鹿げた言い回しだな。はっきり言うが、赤ん坊はそんなに良く寝てくれないぞ」

ローレンはパスタのことも忘れて、まじまじとギデオンを見つめていた。

「ギデオン、ちゃんと答えて。いいから。今朝はどうだった？　気まずくなかった？」

「まったく。彼が紅茶を淹れて、俺はトーストを焼いた」

「何それ。いつ結婚したのさ？」

ギデオンは笑いをこぼした。「昨夜はベッドで抱きつくこともなかったし。お互い絡まって起きたりもしなかった」

「がっかりしてるみたいに言うじゃない」

今さら否定もしなかった。

「俺のベッドで寝ないかと誘ったことを、悪いと反省するべきなんだろうな。俺は彼の雇い主なんだし。でも反省なんかしてないんだよ、ローレン。まったく感じない。トビーは素晴らしい人間だし、俺は彼が好きだ。これがややこしい状況かといえば、そのとおりだ。とんでもないことになるかもしれない？　それもそのとおり」

ギデオンはそう肩をすくめ、

「それを怖がっていただろうと言われれば、それもそのとおり」

「今はもう違うわけ？」

彼は首を振ってから、肩をすくめた。

「どうだろうな。もし彼が去ることになれば、俺は打ちのめされるだろう。彼がかけがえのないベビーシッターだからというだけでなく。きっと……彼が恋しくなる」

ローレンは曇り顔で溜息をついた。

「俺たちは何もしてない。性的なことは何も」

それが言い訳になるかのように、ギデオンは言い足した。

「でもそうなっても拒否はしないんだよね？」

彼女と目を合わせる。

「ああ、しないだろうな。でも話し合う必要があるし、動くなら、それは彼からでなくては。俺ではなく」

ローレンは一口食べ、考えこみながら嚙み締めていた。

「俺たちはもう一晩ベッドを共にしてるからね、トビーの母親のおかげだが。彼女が仕組んで」

そこでローレンが目を見開いたので、ギデオンは手を振った。

「色々あったんだ、だからさ、俺とトビーは惨憺たる四十数時間を共にすごした。きれいだとは言えない状況でね。双方とも情けない生理的反応を乗り越えたことで、より距離が縮まったんだよ。昨日は一日中カウチでくつろいで、助け合いながらベンソンの面倒を見たんだ」

（まるでカップルのように……）

ローレンが、彼の昼食であるクラッカーとジュースへうなずいた。

「で、まだ本調子じゃないんだ？」

「随分良くはなったんだよ。でもまだ胃に負担をかけるのは怖い」

ちょうどそこでギデオンの携帯電話が、昼休みのいつもの FaceTime の通知で鳴り出した。

ギデオンはテーブル奥の窓際に携帯を立てかけて、二人とも画面が見えるようにした。

通話を受けると、ベンソンの笑顔がいっぱいに映った。

『ダッダにごあいさつしてー』と、トビーの声がする。『それとダッダに教えてあげて。ぼくは今日ミルクを飲んだ上にファレックスまで食べた立派な男の子だぞって』

そこで一瞬の間が空き、

『あっ、オフィスじゃないんですね。すみません』

ローレンが顔を近づけて映りこんだ。

「こんにちは、トビー！　ランチしてるんだ」

するとトビーの顔が画面に現れて、微笑んだ。きれいだった。『あっ、こんにちは』と答える。それから自分の携帯電話を立て、ベンソンをかかえて膝に乗せた。ベンソンの顔を画面へ向ける。

『見てくださいよ、今日はオレンジ色の宇宙服シャツです。ありえないくらいかわいい宇宙飛行士でしょ？』

ギデオンはうなずいた。「とてもかわいいよ」

ベンソンのことだけではない。ローレンの視線を感じたので、そちらは意地でも見ないようにする。

『お昼は勇ましくも公園に行くんですよ』とトビー。『行けそうな気がしてます。昼ごはんにクラッカーと少しスポーツドリンクを飲んだので、随分具合が良くなって』

ギデオンも自分のクラッカーとジュースを手にしてみせた。

「同じだよ」

トビーがニコッとしてベンソンの頭頂部にキスをする。それを見てギデオンの心臓がドキッとはねた。

『夕食はスープを作ろうかなと。野菜とコンソメだけで』

トビーがそう言って、カメラに顔を寄せた。『チキンは抜き』

ギデオンは笑いをこぼした。

「大賛成だ」

それからトビーがベンソンの小さな手を振った。

『ダッダにバイバイを言って。公園に行く支度をしないとね』

ギデオンは心をこめて画面へ微笑み、手を振った。

「バイバイ」

ローレンも手を振る。「バーイ！」

画面が暗くなるとたちまちローレンがギデオンをやわらかくこづいた。

「観念しなさいって」

ギデオンは鼻で流そうとする。

「何の話だ」

「彼を見る目つきがまあアレだってこと」

「俺はベンソンを見ていたんだが」

だまされるもんですかと、ローレンが眉をつり上げる。

「違うよね、あなたはベンソンが映ると『うちのかわいい息子だああー』って顔になるけど、トビーとか、ベンソンを抱っこしてるトビーが映ると、まったく違う表情になるんだよ。ギデオン、私にはバレバレ」

反論しようとしたが……何のために？

ローレンはパスタの最後の一口を口に押しこみ、皿を遠ざける。

「どうするつもりさ」

「何を」

「彼とのこと」

「何も。このまま毎晩一緒に夕食を取り、テレビを見て、リアリティショーの馬鹿げた登場人物にツッコミを入れる。そして、彼がこの先もかまわないならだが、同じベッドで隣に寝て、朝には彼にトーストを焼き、毎日の昼休みにビデオ通話をする」

「すっかりカップルじゃん」と彼女が指摘した。「表向きの肩書き以外は。でもいずれきっと傷つくことになる。友達だから言ってるんだよ、だって傷つくのはあなたのほうになりそうだから。そんなことになってほしくないんだよ」

「俺もそれは避けたい」

「トビーとちょっと話し合ったほうがいいと思うね」

ギデオンは溜息をついた。

彼女が正しいというのが嫌でたまらない。

「わかってるよ」

「自分が雇用主という立場なのを忘れないようにして」

うっとひるむ。

「解決のしようがないことなんだ。もし彼が俺に気があるとして、ベビーシッターの仕事はどうなる？　うちでの仕事は。ナニーとしての彼を失いたくないんだ。我が家の暮らしにあまりにもなじんでいる。彼の母親も素晴らしい人だよ。俺たちの看病をして、俺の世話を焼いてくれたんだ」

こんなことを口に出して認めている自分が信じられない。

「母親に世話を焼かれるのはいいものだな。なつかしいよ」

ローレンが悲しそうな顔をした。

「ギデオン、そんな……」

「情けない話に聞こえるだろうが、一人じゃないのがうれしいんだよ。トビーがそばにいて、隣で寝ているとで心が休まる。具合が悪い時、彼の母親から子供みたいに大事にされてうれしかったよ」

　ギデオンはそう肩をすくめて、

「でもそれだけが理由じゃない」

「そうだろうね」彼女の口調は優しかった。「彼を見た時のあなたの顔を見たもの。どんな目をしてたか」

　ギデオンの胃がぐっと固く縮まったが、食中毒の症状などではない。

「だから、俺は何も言わないし何もしたくないんだ。一緒にすごす夜を、夕食を、会話を、笑顔を、気まずい思いをさせる心配なしに楽しみたい。もし俺たちの間が変化したら、もし事態が進んだなら――」

　その意味がわかるよう、彼女へ視線を送る。

「……その時はきちんと向き合うことになる。だがそれまでは……」

　ローレンが彼の腕をポンと叩いた。「それまでは、ね」


　トビーはアニカの隣に座り、ベンソンを膝に乗せた。

「あらやだ、あんた先週から五キロくらい痩せたんじゃないの？」とアニカが聞く。

「五キロどころじゃない」とトビーは答えた。

やってさ」

「どうやったのか教えてよ」迫って、彼女は自分の腹をつついた。「三人産んだらこうなっちゃってさ」

「んー、生煮えの鶏肉」とトビー。「それと死んだほうがマシな三日間」

「うわあ」彼女が顔をしかめた。「それはありがたくないねえ」

トビーは首を振った。

「マジで。ひどいもんだよ。二人ともやっと昨日の昼くらいから回復してきて」

「二人？」

「ぼくとギデオン」

アニカはベンソンのむっちりした足をつまんだ。

「この天使ちゃんじゃなくて？」

「まさかそんな、違うよ。食中毒がうつる病気でなくて助かった」

「具合が良くなってよかったねえ」そう言って、アニカは眉毛をおかしなふうに動かした。

「で、あんたのセクシーなおひげ付きのセクシーなボスはどう？　まだセクシーなの？」

「常に変わらずね」

彼女は少し意外そうな顔になった。へえ、と言って顔を近づけ、ひそひそ囁く。

「ここで言うのはどういうセクシーなわけ？」

トビーはふふっと笑ったものの、脳内にははっきりと、タオル一枚だけの姿で肌に雫を散らしてバスルームから出てきたギデオンの姿が浮かんでいる。そして今朝の、ワイシャツとスーツで決まっていた姿のカッコよさも。

トビーは息を吐き出した。

「あのさ。これまでぼくは、口ひげはそれほど趣味じゃなかったんだよね」

彼女がニヤッとして、

「アレってほら、〝しがみつきヒゲ〟って言うじゃない——最中につかみやすいから」

「何てことを！」

トビーはベンソンの耳をふさいだ。

アニカはけらけら笑って、手を払った。

「私の親友がゲイでさ」と声をひそめる。「しかもまあ、あけすけな奴で。何でも私に話すんだよね、ぜーんぶ」

トビーは鼻を鳴らした。「ま、どれだけセクシーだろうとぼくたちは何も……口ひげにしがみつかなきゃいけないようなことはしてないし。これで伝わると思うけど」

と、溜息をつく。

「雇用主だからさ。そういうこと」

アニカが顔をしかめた。「言ってもいい？　ルールなんかクソくらえだよ。自分がほしいと思うなら、そしてそれがマトモなものなら、つかめばいいよ。お互い自立した大人なんだし、人生は短いものだよ」

「そんな単純な話じゃないんだ」トビーはボヤいた。「ぼくは、立場としては派遣会社を通しての雇用なんだ。もし会社にバレたら……」

「誰がバラすの？」

笑って、トビーは首を振った。

「まあどうせ関係ないから。ギデオンにその気はない。ぼくだって、そんな気はないからね！なんでこんな話に？　まるでぼくにその気があるみたいな流れになってるけど、そんなんじゃないからね。全然ない」

アニカが見事な弧を描く片眉をつり上げた。

「ふううぅん。あのさあ、もしあんたが誘拐されて命のかかった嘘をつかなきゃいけないことになったら、間違いなく死ぬね。生き残れる望みはこれっぽっちもない。ひどすぎるわ」

トビーは「そりゃどーも」と彼女に軽く肩をぶつけた。ベンソンの顎を滝のようにつたうよだれをスタイで拭うと、歯固めリングをくわえさせた。

「あー、乳歯の生える時期ってサイテーよね」とアニカ。「それで思い出した、オムツのクーポンがあるんだ」

自分のベビーバッグをひっかき回して、トビーに紙片をくれた。

「うちのポニョポニョちゃんには小さすぎんの」と自分の愛らしい子供にキスをする。

「うれしいよ、ありがとう！　ギデオンのお金を節約できるなら何でも助かるよ」

「わかるわ。私もあと一ヵ月で仕事に復帰しないとならないんだ。細かく言えば九週間ね」

息子のマレクを愛しそうに見下ろす。

「もっと時間がほしいもんだけど、お金がねえ。ありがたい育休もいつまでもは続かないし」

と溜息をついた。「でも私は恵まれてるほうだけどね。元の仕事に戻れるし結構もらえるから、あんまりぼやくわけにはいかないね。ただ家にずっといられたらなって思っちゃうんだよねえ」

トビーはうなずいた。

「ギデオンもそこで悩んでたよ。でも昼休みにFaceTimeしてるから、それが随分助けになってるんじゃないかな、多分。託児所とかは考えてる？」

アニカは渋い顔でまた溜息をついた。

「会社のビルに託児所があるってさ……」

「でも？」

間違いなくそう続くはずだ。

「でも、何て言うかな。便利でいいとは思う。ただ、うちに合うかどうかがわかんない。見学に行ったし、みんないい人っぽくてプロな感じだったけど、何かねえ……」

トビーと目を合わせ、

「あーもー、そういう親になってきてるよね、私？　あの『うちの子は特別だからみんなと同じじゃダメなの』ってたわ言、嫌いだったのに。そういう親をバカにしてたのよ私、トビー」

トビーは笑ったが、彼女の悩ましさもよくわかる。

「我が子にぴったりくるものを選べばいいんじゃないかな。完璧な子育て環境なんてないからね」

「あんたのところ以外はね」と、アニカはまた肩でトビーをこづいた。「ミスター・ムラムラ口ひげのおうちの住み込みナニーさん」

トビーは小さく笑ったが、ベンソンがぐずり出した。膝にのせて抱っこし、笑わせようとしたがうまくいかない。

「どうやらそろそろ帰ってお昼寝したほうがよさそうだ」

アニカがつらそうな顔をする。

「それはそれは。早く歯が生えるといいねえ」

「まったくだよ」

トビーは唸った。荷物をまとめて帰宅したが、ベンソンは午後の大半をむずかってすごした。ろくに寝ないし、ムズムズ用のジェルも効き目なし。ギデオンの帰宅時にも泣いていた。

ギデオンがまっすぐキッチンへ顔を出した時、トビーは夕食の支度をしながらベンソンの気を紛らわせようと苦労していた。

「うちのチビッ子はどうしてしまったのかな？」

「ダッダの抱っこが足りないんですよ」

トビーは説明代わりにそう言って、ベンソンを手渡した。

「これで歯茎のムズムズもマシになるはずです」

そう、ギデオンの抱っこは何でも解決してくれる。トビーはその腕に包まれた時の気持ちをはっきり覚えていた……どれだけまたあれを味わいたいかも。

ギデオンに抱っこされた途端、ベンソンはその首筋に顔を寄せて泣きやんだ。ギデオンは言いようのない表情になっていた。

「おお……」

「ほらダッダが必要だって言ったじゃないですか」

ギデオンはニコッとするとベンソンの背をなで、体を小さく揺らした。

「歯の問題だけだと思うか？」

トビーはうなずく。「ええ、歯茎のすぐ下まで歯が来てるのが見えますよ」

ベンソンの背をさすりつづけながら、ギデオンが眉を曇らせる。「かわいそうに」

「予定どおりスープ作ってます。まだ乗り気ですか？」

ギデオンはうなずいた。「文句なしに」

「この子とあっちに座っててください、こっちはぼくにまかせて」

「バッチリです。ベンソンは今日はもうぼくの顔を見飽きてますしね。ダッダの抱っこに飢えてるんですよ、間違いない」

「いいのか？」

ギデオンが少し拗ねたような嘆きの顔を作った。

「この子がきみの顔に飽きるなんてありえないだろうがね」ベンソンの背をまださすっている。

「きみの顔はお気に入りの一つだろうよ」

トビーは笑顔で、キッチンを出ていく姿を見送った。ベンソンと一緒のギデオンを見るのが大好きだ。寄り添う姿を見ているだけで心がぬくぬくする。トビーにとって、世話をしている子供が親と心を通わせる光景はいつでも特別なものだった。

でも、これはそういうのとも、少し違うように思える。

ギデオンがシングルファーザーだからかもしれない。シングルで、しかもゲイだし。

けれどもこうしてトビーの胸全体がじんわり温まって腹の底がパタパタざわついて、たまらない感じになるのは……これまで働いてきた家族に対して、こんな気持ちになったことはなかった。

もしかしたら誰に対しても感じたことのない気持ちかもしれない。

あえて長々とスープをかき混ぜながら、ギデオンにはベンソンとすごす時間を、自分の心には一息つく時間を稼いだ。

ギデオンへのこの想いが、雇用関係にとっては邪魔ものなのはわかっていたし、だから蓋をしようとした。居間に入って、おねむのベンソンをギデオンが抱いてあやし、頬をなでているのを見ても、トビーは自分の気持ちに蓋をした。

スープを食べる間、テーブルを挟んで向かい合わせに座りながら、やはり気持ちに蓋をした。ギデオンの笑顔、トビーに向ける目の輝きにも、気付かないふりをした。

腹がすうっとうつろになる感覚も、心臓がぎゅっと締め付けられる感覚も無視した。

ベンソンを風呂に入れながらギデオンが何かを口ずさむ歌声や、ベンソンに食事をさせてベッドに寝かしつける姿に胸全体がときめいた時にも、気付かないふりをした。

「月までひとっとびするくらい愛してるよ」とギデオンが、自家製の子守歌を優しい声でそっと歌っている。

トビーはそのほとんどを心から締め出した。

自分が座るカウチにわざわざギデオンが座ってきたことにも気付かないふりをしたし、あぐらをかいたギデオンが少々不自然なくらい近くに座っていることも無視する。そのせいで腹がざわざわするのも無視する。

ギデオンが紅茶を淹れてくれた時のときめきも、前よりわざわざ近くに座り直されて胸がドキドキしたことも無視する。

就寝時間になり、トビーは今夜は自室で寝ることにした。正気を保つために。仕事を失わないために。

ギデオンの目に浮かんだ痛みや、驚きや落胆を隠そうとする様子も、見なかったことにした。トビーはベッドに横たわり、それこそ何時間にも思える間ただ天井を見つめて、眠りに落ちる望みを失い、かわりにギデオンの笑顔、まなざし、口ひげを思い浮かべていた。指がかすめるたびに感じるぬくもり、確信、浮かんでくる感情を。

体を重ねたらどんなふうに感じられるのだろう。キスしたらどんな感じがするのだろう。ギデオンのキスの仕方を知ることができるなら、何だってしたいくらいだ。キスがうまいに違いない。その時、あの口ひげは一体どんな感触が……。

（そんなことを考えちゃ駄目だ、トビー。いい加減に寝ろ）

だがまったく眠れそうにない。一時を回ったところで、トビーは暗い中でベッドの縁に座り、自分が今からしようとしている行為に腹を立てていた。

枕をひっつかむと、寝室のドアをぐいと開ける。ギデオンの寝室へ向かう気満々で。だがその寝室のドアは開いていて、キッチンの明かりがついていた。あれは水を出す音？

気分でも悪くなったのだろうか。

まさか、トビーのせいで今週二度目の食中毒に？

キッチンへ向かったトビーは、シンクの前でグラスの水を飲んでいるギデオンを見つけた。いつもの青い縞柄のパジャマズボンに白いTシャツだ。トビーが現れても驚いた様子はなかったし、具合が悪そうでもなかった。

トビーを上から下まで眺めて、かかえている枕に目を留める。

「眠れなくて」とトビーは言った。

「俺もだ」

ギデオンが呟く。「水を飲むかい？」とグラスをさし出した。

トビーはグラスを受け取れるところまで近づいた。ごくごくと水を飲みながら伺うと、ギデオンのまなざしは、がぶ飲みするトビーの口元と喉に吸い寄せられていた。

トビーの舌がこぼれた雫を舐めとると、ギデオンの唇がかすかに開き、強い視線が熱を帯びた。

これは――。

ずっと無視するよう努力してきても、何とか気付かないふりをしてきても、これはもう無理だ。

ギデオンがグラスを受け取ると、またふれ合った二人の指先が、熱く痺れるようだった。

鋭い息を吐き出したギデオンが、さっと視線をトビーへとばす。

「俺は……あー、俺としては……」

ごくりと唾を呑み、ギデオンの胸が大きく上がり、下がる。

「参ったな、俺はそんな――」

彼はトビーを回りこもうとしたが、トビーはその腕をつかんだ。無意識の仕種だった。動こうとしたわけではないのだが、見下ろすと自分の手がギデオンをとらえていた。

ギデオンはトビーの手を見下ろして、それから顔へ視線を上げる。探るようなまなざしで、唇は半開きになり、胸が喘ぐように動いた。

二人の距離はわずかだ。体はほとんどふれそうだ。二人の間の熱は今にも炎を上げそうだった。

トビーは枕を床に落とすと、ギデオンの顎に手を滑らせ、ほてる肌のざらつきを感じた。血色の良い唇に心がかき乱されて、キスでそれを味わってみなければ、きっともう頭がおかしくなってしまう。

のり出して、ギデオンの顎を少し持ち上げる。互いの鼻は数センチと離れていない。ギデオンが息を呑み、唇を舐めた。

「イエスと言ってください」

トビーは囁いた。

ギデオンはゆっくりまばたきする。目が黒ずんだ。

「イエス」

助かった——。

トビーはギデオンの唇に口をぶつける。強く、荒々しく。キッチンカウンターにギデオンを

押し付け、舌を口の中へ滑りこませた。

あんまりにも長く焦がれてきたので、余裕も優しさもなかった。

舌が触れ合うとギデオンが呻き、その声にトビーの膝が砕けそうになる。指がギデオンの髪にたどり着き、頭を固定して、もっと激しくキスを深める。ミントの味、そして夢が現実になったような味がした。

ギデオンがトビーに腕を回し、引き寄せる。トビーは自分のそれに押し付けられる勃起を感じた。

するとギデオンが唸って腰を揺すりつけ、滑り下りた両手がトビーの尻をつかみ、絞り上げ、さらに自分へ引きつける。

舌、歯、手、互いの体温。トビーの求めるすべてがある。ギデオンの手がさらに食いこみ、トビーを突き上げながらくるりと体を返して彼をカウンターへ押し付けた。切羽詰まったような、奪うような動き……。

トビーの手はまだギデオンの顔に、首にかかっている。舌はまだギデオンの口の中にある。決断の瞬間だ——。

このまま冷ましてしまうか、ベッドへ向かうか。

ギデオンの顔を両手で包み、トビーはキスを終わらせる。額を合わせて。息は荒く乱れ、胸が上下する。

「どうしますか」と、トビーは囁いた。

ギデオンの目はとじ、懊悩《おうのう》の表情だった。だが二人の腰は重なって熱く、固いものを押し付け合っている。

それでも答えは返ってこなかった。

「気にしないで」

呟いて、トビーは一歩下がった。

ギデオンの手がのび、トビーのTシャツを握りこむ。その目が上がると、暗いキッチンの中でも、彼の瞳には炎が燃えていた。

それがトビーには十分な答えだった。

11

もう後戻りはできないと、ギデオンにはわかっていた。

今にして思えば、トビーに対する気持ちを認めた時、すでに後戻りはできないとわかっていた。

だが、キスをして。

彼を味わい、肉体の熱を感じ、抱きしめて？

すでに一線を越えたし、それに後悔などなかった。これこそ望んだことだ。これまで、これほど誰かをほしいと思ったことはないし、こうしてその片鱗を味わった今……。

こんなふうにトビーのTシャツをつかむつもりはなかったのだが、行ってしまうと思ったら勝手に体が動いていた。

「きみがほしい」

ギデオンはざらついた声で言った。

「だが、きみの同意が必要だ。厄介なことになるだろうとわかっているが、くそう、トビー、俺はきみがほしいんだ。俺のベッドに来てほしい。眠るためだけでなく。きみと一緒にいたい。だが、きみもそれを望んでいると、そう言ってもらわないと駄目だ」

トビーは自分のTシャツからギデオンの指をはがすと、まだ手をつかんだまま、ギデオンの寝室まで彼をつれていった。ギデオンの心臓は喉元までせり上がり、激しく暴れている。

そしてギデオンを驚かせたことに、トビーはギデオンのシャツを剝いでベッドへ押し倒した。追いかけて自分もベッドへ上がり、ギデオンの体を上へたどってくるトビーの目は猛々しく決然としていた。Tシャツを脱いで床へ放り捨てる。

「同意しているし、それ以上です」

と言うなり、トビーはギデオンの口にぶつけるように唇を重ね、舌をねじこんできた。膝でギデオンの脚を開き、体を重ね、勃起が熱く、固くギデオンの腰に押し当てられる。喘いだギデオンは、腰を上げてゆすり、擦り合わせて、先を求めた。

トビーに主導権を完全に握られて、ギデオンはそれに呑みこまれる。快楽、欲望、これほどに求められる情熱。

ギデオンにできるのは、呻いて、トビーが望むものをすべてさし出すことだけだった。

そしてトビーはためらいもなくそれを奪っていく。

強引さと優しさの完璧なバランスで、ギデオンを押さえつけ、肌に指を食いこませた一方で、羽毛のようなひそかな愛撫。舌で深々と翻弄し、それから下唇を吸い上げる。首筋をキスでやわらかに甘く下へたどり、それから歯を立ててかじる。耳に淫らな言葉を吹きこんでは、初心《うぶ》で可憐に呻いてみせる。

ギデオンの全身は火にあぶられるようだった。細胞の一つずつがトビーの愛撫の言いなりだ。すでにいつ達してもおかしくない。

その時、トビーが後ろに体を倒し、ギデオンの勃起を手で確かめてから、下着に手を突っこんで、指でじかに包みこんだ。

先走りで濡れ、熱くなめらかに指が絡みつく、その快感は強烈すぎた。

「ああ、トビー、くそッ」

ギデオンは喘ぐ。屹立はガチガチに固くなり、絶頂はあまりに近く、苦痛と快楽の重なる場所へと引きずりこまれていく。

「もう、イく」

「うん、よこして」

トビーが唸るように言った。

我を失うような官能、目もくらむ快楽がギデオンの内側で爆発し、限界を超えた。ベッドから背をそらせて、腹に、トビーの手に、己をほとばしらせる。幾重にも押し寄せるオーガズムの波に思考が洗い流され、たまらない至福の空白に満たされる。

ようやくうっすらと、トビーがのしかかっているのに気付いた。片手をギデオンの頭のそばにつき、もう片手で自分をしごいている。ギデオンはトビーが拳の中で滑らせるペニスの先端に焦点を合わせようとしたが、トビーの顔は……そこにある快楽と切迫感は、まさに美しかった。

ギデオンが手をのばして陰嚢をつかむと、トビーははっと目を開いて大きく呻き、ギデオンの胸板へ精液をぶちまけていた。

「すごい眺めだ」

ぶるっと身を震わせたトビーが最後の一滴まで搾り出し、頭を垂れ、力を使い果たした様子で喘いでいた。

ギデオンは彼を引き下ろし、受け止める。体の間のベタつきなど気にもならなかった。

「史上最高のしごき合いだったな」

ギデオンの呟きに、トビーがふふっと笑った。

疲れのにじむ様子だし、ギデオンに全身をずっしり預けている。たまらない、心地いい重みだった。トビーの背を円を描くようになで、ぐるりとなぞっていく。トビーが眠ってしまえば一晩中こうしていられるのにと、心のどこかで願っていた。

現実などが届かないところで。

溜息をつき、ギデオンはごろりと一緒に横倒しになった。

「タオルを取ってくるよ」

トビーはもそもそ何か呟いたが目を開けなかったので、ギデオンはベッドを出た。自分の体を拭い、新しいボクサーパンツに穿き替えると、濡れタオルを手に戻る。

トビーは仰向けに転がって目をとじ、その息は深く、安らかだった。その姿にギデオンは微笑む。体を拭いてやるとタオルをバスルームのほうへ投げ、トビーを腕の中へ引き寄せた。

朝になったら、変化がやってくる。

いいほうにか悪いほうにかは予測できないが、間違いなく二人の関係は変わるだろうとギデオンは確信していた。

だから、もし今夜があるのなら、腕にトビーを抱き、肌にセックスの残り香をつけて今をすごせるのなら、それを大事にしたい。

もぞもぞとすり寄ったトビーが、深い息をついた。ギデオンは腕に力をこめ、トビーの頭にキスをすると、目をとじた。


目を覚ますと、ギデオンは一人だった。

珍しいことではない。トビーはよく彼より先に起き出してベンソンの面倒を見ている。

だが昨夜はいつもの夜ではなかった。

トビーは距離を取りたいのか？　朝になって後悔したのだろうか。

そうでないよう心から祈りたい。ギデオンは耳を澄ましたが、何を探しているのかはよくわからなかった。とにかく何も聞こえてこない。

起きて、結果と向き合わなくては。トビーと話し合う必要がある。それだけはたしかなのだし。

上掛けを払いのけようとした時、寝室のドアが大きく開いてトビーが現れると、小さなスーパーマンのようにかかえたベンソンを部屋の中へ飛ばしてきた。

「じゃーん、ダッダ」

トビーがニコニコして言った。

「誰かさんに歯が二本生えましたよ！」

ギデオンはがばっと起きた。「本当か？」

「うん」

トビーからベンソンを渡される。ベンソンは笑顔で、よだれを垂らしていたが、たしかにまぎれもなく二本の歯が下から生えていた。

信じられない！

「おお見てごらん！　すっかり立派になったなあ！」

おなかと首筋にブウッと息を吹きかけると、ベンソンがきゃあきゃあと笑った。

ギデオンがトビーを見下げると、そのトビーは目をみはってギデオンを凝視していた。

「ヤバ」

ギデオンはぴたりと凍りつく。胃が冷たくなった。

「ヤバ、とは、何が？」

トビーが首をさすりながら顔をしかめた。

「えーと、今日はネクタイをしめて会社に行ってくださいね。タートルネックを着るには暑いかなあ？」

と、唇の端を下げる。「すみません」

……ああ。

　トビーは片膝をベッドにのせ、ベンソンを抱き上げた。

「このぴよぴよチッキーナッギーはもっと朝ごはんを食べないとね」

　そう言ってからまたギデオンの首筋を眺めて渋い顔になったが、笑いもちょっと混じっていた。

「あーやっちゃった、すみません」

　どれだけぎくしゃくするかと思ったが、こう来るとは。

　ギデオンはベッドからごろりと下りると、バスルームへと用を足しに、そして首がどうなっているか確かめに向かって——。

　これは。

　首の横側に紫色のどでかいキスマークがついていて、下側は首の付け根までのびていた。

　そういえばトビーが歯を立てていたなと、そこを舐めしゃぶられたことを思い出す。それがどれだけ気持ちよかったかも。

　だが大変だ、まるでスモモのぶつけ合戦に負けたような姿だった。

　ワイシャツの襟とネクタイで隠せるかどうかも怪しいものだ。

　顔を鏡に近づけて、じっと眺めた。これは歯型？　ああ、そのようだ。

　だがその紫色の斑点を指でなぞりながら、ギデオンはつい微笑んで、鏡に映る自分と目を合わせた。

自分たちのしたことに後悔はあるか？

まったくない。

首にでかでかと紫のキスマークをつけられて気にしているか？

いや、全然。

むしろ悪くない。

トビーがそれをやったことが、彼にマーキングされたことがうれしい。

ギデオンは用を足すと、手を洗いながら、まだニヤニヤしている自分の顔を鏡ごしにとらえた。

（しっかりしろ、ギデオン）

あきれて首を振りながら、コーヒーと、歯が二本生えたチッキーナッキーを探しに部屋を出た。

（今俺は、あの子をチッキーナッキーと呼んだか？）

ああ、もう駄目だ。

ベンソンはカウチの正面に置かれたスイングチェアに座り、トビーがどろっとしたライスシリアルをスプーンで与えていた。食欲をそそる見た目とはほど遠いのだが、ベンソンはご機嫌である。

「歯が二本生えたなんてとても信じられない」と、ギデオンは言った。

「ぼくは自分がこんなことをしたなんて信じられない」トビーがスプーンでギデオンの首を指した。「痕《あと》のつきやすい体質です？　さもなきゃぼくが夢中になりすぎたかな」

なるほど。どうやらこの調子で開けっぴろげに話し合うわけだ。

「そうだな、これまで痕がよく付く体質ではなかったと思うから、となると……」

「ぼくがやりすぎた？　つまりそういう話ですよね」

ぐ。

「あー、きみの熱意は適切だったと思う。熱意というものを測ることができるのなら、まさに完璧な値だったかと」

トビーが笑いながら立ち上がった。「気まずいですか？」

「いや、単に……朝、お互いどういうふうに接するか不安だったんだ。わかるだろうか」

トビーからファレックスのボウルを手渡される。

「ぼくはコーヒーを淹れてきます。その間このペコペコちびカバちゃんに食べさせて、ムシャムシャぶりを見てやってください」

どうやら、この朝の二人はというと、いつもの二人とまったく変わらないようだった。

ギデオンはほっとして微笑んだ。それはもう、この上なく、ほっとしていた。

腰を下ろすとベンソンに食べさせはじめ、チラチラとのぞく、このところずっとベンソンを悩ませてきた小さな白い二本の歯を眺めた。今朝のベンソンはすっかり機嫌が良くなって、満面の笑みで目を輝かせ、まさにおなかペコペコのカバのように食べた。シリアルをぺろりと平らげた彼をギデオンがきれいにしていると、トビーがコーヒーを二杯手にして戻ってきた。片方をギデオンへ手渡す。

「ありがとう」

カウチに座ったトビーはコーヒーに口をつけ、溜息をついた。

「それで、昨日の夜のことですが」

え？

ヨーヨーのような展開の朝だ。

「そうだな、昨夜のことだが――」と、ギデオンも口を開く。

「ぼくが言っておきたいのは」トビーがさっさと先を続けた。「ぼくはまったく後悔してないってことです。これっぽっちも。アンコールにも異論はないし。ただね……」

そう顔をしかめて、

「どうせあなたは今、責任がどうとか物事の道義的にはどうとか言おうとしてるんですよね。いや、もっともな話ですけど」

ギデオンは肩をすくめた。

「俺は、そういう責任や道義について、自分に言い含めようとしてきたんだが」

「成果は？」

あ
「ぼくもです」

トビーはふうっと息をつき、後ろにもたれて足を組み、カップの向こうでニヤッとした。

「前からあなたに対して気がなかった、なんて言ったら本当に嘘になるし。だってそりゃ、あなたにはムラッとしますよ」

ギデオンはあやうくコーヒーをこぼしそうになった。

トビーがにんまりとする。

「でもぼくだって、仕事は仕事だってわかってますし、油断するとややこしい事態になりかねないこともわかってます。ね？　何かルールを決めましょうか」

「ベンソンが最優先」ギデオンは言った。「俺の条件はそれだけだ」

「全面的に大賛成です」トビーがうなずく。「もしこじれそうになったら、距離を置いて前のとおりに戻る。お互い大人ですし。できるはずです。ね？」

ギデオンは唾を飲もうとしたがうまくいかずに、コーヒーを飲もうとしてまた失敗した。距離を置いて元通りになるとか、この気持ちをなかったことにするとか、自分にできる気がしない。

「つまり」

と、トビーが続ける。

「ぼくらの毎日は毎度変わらぬまま――あなたはあなたの、ぼくはぼくの仕事をするけれど、でも夜はぐっとおもしろみが増すというわけです。これで伝わるならね」

ギデオンは微笑んだ。「きみは色々と考えているんだな」

「そうでも。これまで仕事相手とおもしろい夜をすごしたことはないので、どういう話をしておこうか頭を絞ってるだけです」

「なるほど」

トビーがじろじろと見つめてきたので、ギデオンは値踏みされている気分になった。

「あなたはこれでいいんですか、ギデオン？　なんだか口数が少ないけれど」

頭がぐるぐるしてくる。

「俺はまったく全然かまわない」と答えた。「あまりにもこれまで縁のなかったことだし、きみがとても率直なので。とりあえず言っておくと、俺もきみをとても魅力的だと思っているよ」顔が赤くならないよう努力する。「きみのことをそういう目で見ないよう、もう随分前から我慢してきた」

「成果は？」

クスッと笑う。「全然だ」

トビーはにっこりしてコーヒーに口をつけ、ギデオンは何を言うべきか考えあぐねていた。

まだほかにも話し合うべきことがあるはずだが、まずは自分の頭をしっかり整理しなくては。

「念のために言っとくと」と、トビーが言い出した。「ぼくはリバ派です。ただし上《トップ》からも下《ボトム》からも偉そうに仕切ります」

　ギデオンは鼻からコーヒーを吹き出した。


　自分がどうしてこうもグイグイと押すのか、トビーにはよくわからずにいた。人生でこんなに誰かをほしいと思ったことがない、というのは別にして。それとすっかり照れてはにかんでいるギデオンがかわいい、というのも別にして。

　かわいいし、ムラッとくる。

　昨夜の二人の行為は、純粋に燃えるような欲望に満ちていた。いや、エロくて燃える関係というのはトビーだって初めてではないのだが、ギデオンが相手だと、肉体のみならず気持ちを求めたい衝動がある。

　ギデオンがほしいのだ。

　体と、心が。

　なので、今朝は重くて気まずい朝にもできたし、迷いを消して当然のごとく押していく手もあった。トビーは昔からずっと「押しが強い」と言われてきた。なら今さら何を遠慮する？

　もしかすかなためらいでも嗅ぎつければ、雇用の上下関係を利用して何ということを、という後ろ向きの渦にギデオンが飛びこむのはわかりきっていた。バカげた話だ、主導権はすべてトビーが握っていたというのに。

　まさに仕切り屋。

　そこでまずはしょっぱなで、次も歓迎だと明言し、適切そうなルールを設定して、そこからは流れにまかせたのだった。

　ギデオンは微笑みながら、畏怖のような色を目に浮かべて仕事に出かけていき、トビーは自分の判断が正解だったと知った。

　ギデオンはトビーを求めている——それは間違いない。ただ、背中を押されなくては決して行動に踏み切らなかっただろう。

　ベンソンがすやすやと昼寝を始めると、トビーは携帯電話を手にして兄にかけた。ジョシュは四回目の呼び出し音で出た。

『仕事中だぞ、面白い話だろうな？』

「ギデオンとセックスしたんだよ」

　ジョシュが首を絞められたような音を立てた。

『何をしやがったって？』

「まあ、セックスっていうようなセックスじゃなくて、性的なふれあいってヤツ。伝わる？」

　するとジョシュが話し口で声をひそめた。

『何だって?』

音からして移動しているようだ。ドアの開く音がして、風と車の音が聞こえてきた。外に出たらしい。

『トビー、話しただろ。何もしないはずだったじゃねえか!』

「まあまあ」トビーはごまかす。「地獄への道も善意からって言うじゃないか」

『何があったか話せよ』

「えっ、そういう話聞きたいんだ? まさか兄貴が――」

『具体的なところはいいんだよ、このエロ脳め。その後はどうなったんだ? クビにされたか?』

「されてない」まさか、と鼻で笑ってやる。「雇用関係を拡大することにしただけで」

『マジかよー。うまくいくわけないってわかってんだろ。こんなのうまくいきっこねえ。だろ、トビー?』

「知らないよ。こじれそうなら手を引こうってことになってる」

ジョシュが鼻を鳴らした。

『こじれる、ねぇ。どちらさんの尺でそれを判断すんだよ、トビー?』

トビーはくくっと笑った。

「尺って。年上に囲まれすぎだろ、その言い方。八〇歳かよ」

ジョシュが息をついた。

『このままじゃひどい目に遭うぞ。まともなご意見係として言っとくが』

「まー、もし奈落に墜落したら『だから言っただろ』って言ってもいいよ。でもそれまではカリカリするなって」

『ふーん、てことはイケてたか？　期待どおりだったかよ、私立探偵マグナムはベッドでもイカして――』

「なかなかのマ、グ、ナ、ムだったなあ、うん」

『うげ、トビー、そこは言わんでいい』

「それに、ベンソンに初めての乳歯が二本生えたんだよ。そんなわけで今日は記念すべき一日なんだ」

ジョシュがまた溜息をつき、どうやら顔をつるりとなでたような気配があった。

『俺の考えを聞きたいか？』

「あんまり」

『お前はマズい状況にいると思う。今お前がやってるのは、イケてるシングルファーザーとかわいい赤ん坊相手のおままごとだ。まるで仕事じゃなく、家族ごっこみたいに接してる。こんなのどうやっても先がないだろうがよ』

「大変楽観的なご意見どーも」

『お前が傷つくのを見たくないんだよ、トブっち』優しい声だった。『そいつが好きなんだろ。お前はまともな判断ができてない。感情に流されてる。あとチンコにも』

トビーは鼻を鳴らした。「感情とチンコ対脳だと、そりゃ2対1だからね」

『聞く耳はないんだな、お前？　もう説得しようったって無駄かよ』

「そのとおり。だから、いつか捨てられてクビになるぼくのために〈だから言っただろ〉チョコを用意して見守っていておくれよ」

ジョシュが何かぼやいて、また溜息をついた。『そうする。金曜のお迎えは予定どおりか？』

そうだった。金曜。

ギデオンから離れて週末をすごすなんて、トビーは考えてもいなかった。だがそうすべきだろう。先週末に具合を悪くしたばかりだから休んだほうがいいし、そのせいで実家にも帰りそびれていたし。

だがギデオンとベンソンを置いていくと思うと、寂しくなった。

「だね。うん。金曜六時に」

『おいおい、もうそんなかよ。たかが週末だろ、トビー。少し離れてみろよ』とジョシュに言われる。『少し離れたほうが頭がすっきりするかもしれないぞ。ママならお前の良識を呼び戻せるかもしれないしな』

「ぼくらを一つのベッドに寝かせたのはママだよ。きっかけを作ったのはママ」

『何だって？　いやいい、今のは忘れろ。帰ってきてからママは、ベンソンがめっちゃかわいいとかギデオンが素敵だったとかそんなんばっかりだったからな』

トビーは笑った。

「ママに、金曜の夕食はぼくが買ってくって伝えといて」

『お前の料理じゃないならな。俺はまだ食中毒で死にたくねえのよ』

「死ぬことはないよ。何度も死にたくなるだけで。でも実際に死ぬ可能性はほとんどないんだ」

『そろそろ仕事に戻るわ。とりあえず、泥沼になったらお前の職がどうなるのかミスター・ロひげの言質を取るまで、なるべくチンコはパンツにしまっとけ？』

「努力しとくよ」

ジョシュの溜息を聞きながら、トビーは通話を切った。

兄に言われたことはどれもきちんと向き合うべき問題だし、トビーにとって直視しづらい真実も含まれているのだと、それはわかっていた。

おままごと、なのだろうか？

ふうむ。その問いから逃げたいことが、すでにして答えだろう。自分は家族ごっこの真似事をしているのだろうか？　立派でとても素敵な父親のいる家庭を守るパートナーのようなかもしれない。

それが何かまずいだろうか？　そういうふりをして、誰かが傷つく？　現実を忘れない限りいいじゃないかと、トビーは思った。

自分とギデオンは交際しているわけではない。彼らの間にあるのは、一種の合意だ。昼の契約に影響のない、夜間の合意。トビーは昼間はベンソンのナニーで、夜はギデオンの情人だ。

大して複雑な話じゃない。

ジョシュが勝手に心配しているだけのことだ。

だよな？

トビーはすべてを棚上げすることにして午前中の仕事を片付け、ベンソンが起きると庭で少し遊び、それから絵本を読み聞かせ、その後はベンソンがベビージムの下で床遊びの時間になった。

その間ずっと、トビーはジョシュから言われたことを考えまいと目をそらしつづけた。

お昼の、ベンソンとダッダの毎日のFaceTime時間が来ると、トビーはベンソンをいつものように膝に乗せ、携帯電話を手にしてベンソンの顔だけが映るようにした。

ギデオンが通話に出て、カフェにいるのだとわかる。

「ダッダにごあいさつして」

と、トビーは言った。ベンソンがぶーぶーと何か言って携帯をつかもうとした時、ギデオンの笑顔からさっとローレンの姿へ画面が動いた。

『こんにちは、トビー』

彼女はやや鋭い微笑を見せた。

『ローレン』と、画面の外からギデオンが呼ぶ。

『ギデオンの首に不思議な痕がついてるんだけど』

トビーは目をぱちくりさせた。「えーと」

『どういうことか何か知ってる？』

マジでか。

ローレンの凝視。その口調。これって親友からの尋問タイム？

「ああ、それですか」トビーは答えた。「ゆうべは本当に蚊がひどくって。やたら食われたしずっと掻いてたせいですね。よせって言ったのに」

ローレンがニヤリとした。

『それは面白いねえ、彼の説明と違う』

「そうなんです？」

『まあ、彼から何か聞く必要もなかったけれど。表情でわかるし。ついでに襟の中の痕も見せてもらったし。あれねえ、何なの、あなた本当に血を吸ったの？』

トビーはけらけらと笑った。

「そういうつもりはないですが」

ギデオンが自分の携帯電話を取り返し、うんざり顔をした。

『悪かった。てっきりベンソンに生えたばかりの二本の歯を見たがってるんだと思って。問いただすとは思わなかった』

トビーは笑って、

「いいですよ。兄とも似たような話をしたばかりです。楽しく話せました」

『そうか……』

「歯を見てあげて」

トビーは話題を変えた。ベンソンの顔に携帯電話を近づけ、腹をこちょこちょして笑わせる。

『あらまあ、見えた！』とローレンが声を上げた。

ギデオンの笑顔にトビーの腹がぎゅっと縮んで、心臓が絞り上げられる。うっかり何か口を滑らせる前にと、ぽちゃっとしたベンソンの小さな手を振った。

「ダッダにバイバイを。また今夜」

ギデオンの笑顔が色を変える。おだやかで、安らいで、そしてもしかしたら、少し寂しげに。

『ああ、今夜』

「夕食はステーキとサラダです」通話を切る前に知らせた。「ステーキが生焼けでも誰も死にませんからね」

ギデオンがニヤッとした。『楽しみだ』

幸せそうなギデオンの表情を脳に焼き付けて、トビーは通話を切った。

未来のことなどどうでもいい。彼はただ、ギデオンの笑顔を見たいだけなのだ。

12

ギデオンが帰宅した時、トビーはベンソンと一緒に床に転がっていた。楽しそうだったから、というだけの理由だが、時々ベンソンの目線から物を見るのもいいものだ。夕食は五分でできるし、洗濯は完了。だから毛布に寝そべって子供向けのテレビを流しっぱなしにするのは悪くない夜のすごし方だった。

昨夜あまり眠れていない、ということもあるし。

今夜も睡眠不足を期待していた。オーガズムの再演を拒む気はさらさらない。仕事中にギデオンの気が変わっていたり、ローレンから諭されて我に返っていないようにとだけ祈っていた。

ギデオンの鍵がかちゃっとドアを鳴らし、入ってきた彼は、床にいる二人に立ち止まった。

「あー、何事もないか？」

「一日を楽しんでいるところです」

トビーは答えて、彼を見上げた。

「代わってもらえたらぼくは夕食の準備にかかりますが」

ギデオンはニヤッとした。「先に着替えてくるよ」

戻ってきた彼はランニングパンツと着古したTシャツを着て、ずっとくつろいでいた。ゆるんだ顔でベンソンの隣へ座りこむ。

「おお、ぼくの作品は赤と紫混じりになってますね」と、トビーはキスマークを眺めた。

「そんなことになってるのか。ローレンにつつかれたのもまずかったかな」

「ほかに誰かから何か言われませんでした？」

ギデオンは首を振って、ベンソンを抱え上げてブウッと息を吹くキスをした。「何も」

「次は人から見えないところにつけます」

さっとギデオンが目を上げて、ニヤリとした。「兄と同じような話になったと言ってたが？」

トビーは溜息をつく。「そうなんですよ。とても立派な正論で」

「楽しかったようだな」

「ぼくはクビにならないか心配するべきだと」

ギデオンがガバッと起き上がった。

「何だって？」

「雲行きが怪しくなったらぼくを解雇します？」

「しない」

「でもできますよね」

「それを心配しているのか？　いいかい、俺はそんな真似はしない。お互いベンソンが最優先だと一致しただろう、そこに悪影響が出たなら、俺たちは一歩戻るようにする」

「心配というわけじゃ」トビーは肩をすくめて答えた。「ベンソンが常にぼくの最優先なので。あなたではなく。すみませんが。それにぼくでもなく」

ギデオンは微笑んだ。

「謝る必要はないよ」

「それに、こじれたかどうかなんて、単に見解の問題でしょう」自分でも信じきれているわけではないが、とりあえずそう言っておく。「大体、兄は『尺』なんて言葉を今日使ったので、あいつの言ったことは全部無効ですよ」

ギデオンが一瞬きょとんとした。

「それって良くない言葉か？」

ベンソンをブランケットの上に戻し、イモムシのオモチャで遊べるよう渡す。

「いい言葉じゃないですね。八〇歳じゃあるまいし。基準とか水準という言葉があるのにどうして尺なんて言わなきゃいけないのか」

「そうか」

ギデオンの目に笑みがきらめいた。

「俺もローレンから根掘り葉掘りされたが、尺とも基準とも言われずにはすんだな。ただし『考えなし』とは何度も言われた。俺のことだ、きみじゃなく。それに、キスマークの大きさからして、もっと鉄分を摂れとも言われたよ」

トビーはそのキスマークをじろじろと鑑賞した。

「ぼくはまったく申し訳ない気持ちになれなくて」

ギデオンが鼻を鳴らし、「きみはきっと得意げだろうと、彼女にも言ったよ」

トビーはツンとすました。

「そのとおりですとも。鉄分といえば、今夜はちょうどステーキですよ」

立ち上がってキッチンへ向かいながら、自分とギデオンがあけっぴろげに話し合えることを喜んでいると――。

「トビー！」

慌てふためいたギデオンの声に、トビーは居間へ駆け戻った。

「どうしました?」

ギデオンは床に座ったまま、目を見開いている。

「寝返りを打ったんだ！」

ベンソンが、仰向けになっていた。

「ええっすごい！」

気持ちの波立ちが興奮に飲みこまれる。

「歩いていくきみを見ていて、目で追いかけていたら、ごろんと寝返りを打ったんだ」

「今日一日で、歯が二本生えて寝返りまで！」

ギデオンが少し寂しそうな顔になった。

「この子はすごい勢いで成長しているんだな。俺のかわいい赤ちゃん……」目が悲しげだ。

「時間を止められたらなと思うよ」

これからどうなるかまったくわかってないなと、トビーは思う。だがわかっている親なんかいるだろうか？

歩み寄って、ギデオンの肩に手をのせた。

「悲しまないで。すべての一歩を、すべての変化を、一分一秒、楽しみましょう。すぐにこの子も、物を投げ散らかして癇癪で泣きわめくようになりますよ」

ギデオンにそんな顔で微笑まれると、かがみこんでキスしたくなった。ぐっと体でそれをこらえたが、その前についギデオンの唇へ目をやり、視線を合わせてしまっていた。

それにしても、その唇……。

（夕食だ、トビー）

そうだった。

彼らの合意は夜間だけのものだ。だろう？

手を引いたトビーは、一息つかねばならなかった。「夕食を作らないとね」


ベンソンの風呂と夜のルーティンをこなしてから、ギデオンはトビーと並んでカウチに座り、あぐらをかいて、両手で紅茶のカップを持っていた。下唇を噛んでいて、目はテレビに据えているが、まるで集中できていないのが丸わかりだ。

「何か言いたいことがあるんですね？」と、トビーはたずねた。

ギデオンがぎょっとこちらを見て、笑い声を立てた。

「そんなにわかりやすかったか？」

「緊張しているでしょ」

ギデオンはしばらくトビーを見つめていた。

「俺のことを、よく見ているんだな。ドリューはそんなこともろくにしようとしなかった。今にしてわかるよ」

「あの人は色んなことに対してやる気がなかったように聞こえますけどね」

「ああ、そうだった」

「恋しいですか？」

その問いにギデオンは驚いた様子だった。

「いや。ちっとも。はじめのうちなら、もしかしたら。彼がいなくて困るとすら言えないな、何も手伝ってくれたことがないから。ベンソンのことや、俺のことでは」

と、肩をすくめる。

「惜しいと感じていたのは、一緒に築いてきたと俺が信じていたものについてだ。俺の頭の中にあった完璧な二人の姿だな。今ならあれも完璧とはほど遠かったとわかる。真逆だった」

「会ったこともない人のことを嫌えるなんて、ぼくはこれまで知りませんでしたね。彼がしでかしたことはろくでもないことだった。たとえバチが当たって、一生掻いても掻いても消えない痒みにたたられても、いい気味だと思いますね」

ギデオンはふふっと笑った。「俺もだ」

そこで溜息をつく。

「自分がシングルの親になるなんて、まったく一度も想像したことがなかった。ドリューと俺は何年も一緒だったんだ。不安なんかないと思ってた。そこに妹から電話が来て、妊娠してて、子供は里子に出すと言ってきたんだ。俺は愕然としたよ。いきなりだったからね。後から思えば、ドリューにちゃんとした選択肢を与えていなかったかもしれないな。だけど、この子供は俺の血縁なんだ。引き取るのが当然だし、ドリューがどう思おうがそうするつもりだった」

ギデオンは肩をすくめ、

「この子の里親が俺だけで本当に良かったよ。ドリューが、養親になるのを嫌がってくれて本当に助かった。とにかく、俺は血縁者だから俺だけのほうが手続きも楽だったし、妹もそれでかまわなかったから。ドリューは一切関わろうとしなかった。養子縁組にも、ベンソンにもだ」

「結果的には幸いだったってことで」トビーは続ける。「すぐの頃には大変で苦しかったでしょうけど。でも彼が子育てに乗り気でないのなら、彼抜きのほうがお二人はうまくやれますよ」

ギデオンがうなずいた。

「まさしくね。あいつが父親として養子縁組の書類に載っているところを想像したら……」

と、身震いする。

まったくだ。本当に助かった。

トビーは、ドリューに関わらずにすんでよかったとしみじみ思う。ギデオンを傷つけて、ベンソンを嫌っている人がいるなんて……考えるだけでも胸クソ悪い。

話題を変えないと。

何の話をしていたんだったか。ああそうだ——。

「それで、あなたが話したかったことって何だったんです？　下唇嚙んで悩んでたのは」

「ああ……」また彼は下唇を嚙んだ。「くそう、気恥ずかしいから、一気に言うぞ。俺もリバ派なんだ。今朝きみはまるで天気の話題みたいに、あっさり言ったろ」

「あなたの鼻からコーヒーが出てきたやつですね」

「おかげで鼻の詰まりが取れた」

トビーは笑い声を立てた。

「とってもセクシーでしたよ。品が良くて」

「なら何よりだ」

「ってことは、あなたも両対応《ヴァース》なんですね？」

気まずそうに息を吐き出したギデオンは紅茶を、きっとコーヒーのように鼻から噴き出さないためにだろう、置いた。

「ああ。俺は昔からセックスの両面が好きだった。というか、セックスの色々な面がだ。こう、相手が喜ぶことなら何でもしたくなるんだよ。雰囲気とか次第だが」

髪をぐしゃっとかき上げて、やたら早口で続ける。

「同じリバ嗜好な相手と継続的な性的関係を持ったことはじつはこれまでない。どちらかを好む相手や、アナルセックス自体を好まないとか、そういう相手ばかりだった。人の好みはそれぞれだし俺はそれでいいと思っている。それはまったく当然のことだ」

トビーは手をのばすと、ギデオンの手をぎゅっと握った。

「ちょっと深呼吸してくれませんか」

ギデオンは笑い返した。「どうして緊張しているんだろうな」

深々と吸いこんだ息を、ゆっくり吐き出す。

「要するに俺の言いたいことはだ、リバ二人の関係はどうやるものなのか、俺は知らないということだ」

「コイントスかシフト制ですかね」

ギデオンにまじまじと見つめられて、トビーは笑い出していた。

「冗談ですって！　ギデオン、気楽に行きましょう。悩んだりしないで。もしあなたがストレス解消でガンガン揺さぶられたいなら、ぼくらはそうします。もしぼくがベッドにめりこむぐらいヤられたい気分なら、その時はそうするってだけです」

ギデオンの目は滑稽なほど大きく見開かれていて、熱い紅茶を持っていなくてよかったとトビーはほっとする。

「元カレとは、どうしたいとか話さなかったんです？」

「話さなかった。こういうものだろうと、流れで役割が決まった。彼が挿入役《トップ》、俺が受け役《ボトム》と。それで、そうしてた」

その顔は真っ赤になっていた。

「じゃ、ぼくらは大人らしく、ちゃんとそういうことも話しましょうよ」と、トビーは言った。

「たとえば、今夜。ぼくとしては穴本番にはまだ早いんじゃないかと思うけど、でもフェラチオとか、事後にイチャつくのは全面的に歓迎です」

　ギデオンが両手で顔を覆って崩れるようにカウチにもたれた。

「信じられない……」手を下ろすと、その顔には微笑があった。「どうやってそんなことを堂々と言えるんだ」

　トビーは笑って、紅茶のカップを下ろした。にじり寄ってギデオンの膝にのり上げる。ギデオンは驚いた顔をしたが、その手はトビーの尻にのびた。

　トビーはギデオンの顎をすくい上げて、首を反らさせ、淡いキスをする。

「ぼくは、必要なことは何でも口にしますよ。遠慮はしないたちだと、知ってるでしょう？」

　ギデオンの目がトビーの唇に吸い寄せられ、ゆっくりと上がって視線を合わせた。

「俺には合っているよ」

　トビーが少し体を揺らすと、二人の体の求める箇所がぴったりと重なった。

「あなたをベッドにつれていきたい」と宣言する。「そしてあなたを味見したい。かまいませんか？」

　小鼻を膨らませたギデオンが、トビーに合わせて腰を揺らす。

「もちろん、かまわない。俺もきみを味見していいか？」

　トビーは人差し指でちょんとギデオンの下唇にふれた。

「是非そうしてほしいですね」

ギデオンの笑顔はじつにさわやかだった。その顔をつかんでキスをすると、トビーは唇で相手の唇を開いて中へ舌をしのばせた。

ギデオンは呻き、トビーをつかむ手に力がこもった。

本当にキスがうまいのだ。永遠にだってキスしていたいし、またがってこうやって揺れ合っていたい。このまま自分のモノにさわらなくてもイケるだろうかと、トビーはふと思った。

イケそうな気がする。

だが今夜はほかのことをしてみたい。

キスを終わらせ、ギデオンから自分をはがすと、トビーは立ち上がった。手をのばし、その手をギデオンが取り、そしてトビーは寝室まで彼を先導する。

ギデオンの部屋は暗く、開いたドアから差しこむ光だけが唯一の光源だった。

トビーはシャツを脱いで立ち、ギデオンの視線の動きに自分をさらした。欲望に満ちた目で見つめられるとたまらない酩酊感が広がる。肌がざわつき、熱を帯びて、トビーはズボンを開くとそのまま落として、下着一枚の姿になった。

ギデオンはトビーの勃起をじっと見つめていて、トビーはニコッとすると色っぽい仕種でそれをしごいた。

「あなたは着込みすぎです」と囁く。

ギデオンが頭からはいだシャツを床へ投げ、短パンと下着を腰から引き下ろす。ペニスがぶるんと、自由になった。

やった。

トビーは近づき、ギデオンの陰嚢を手で包んで、唇にぶつけるようなキスをした。引っぱり、焦らし、下唇をなぶっていると、ギデオンが身震いした。トビーは顔を離して、ギデオンの屹立を軽くしごく。

「ベッドの縁に座って」

ギデオンが座ると、トビーは膝をついた。すぐさまペニスをくわえ、味わい、吸い上げ、竿を上下に滑らせる。ギデオンが声を上げてトビーの髪をつかんだ。

トビーは先端をくわえてニヤッとする。ギデオンの自制心を崩すのがたまらなく楽しい。

勃起は太く、ほてってて、これが自分の中に入ってきたらどんな感じだろうとつい想像するしかない。思うだけで呻きがこぼれた。

ギデオンが腰を揺すり、トビーはもっと深く呑みこみながら、根元に手を添えてしごいた。

「ああ、凄い、トビー」

ギデオンが絞り出した。勃起は今や信じられないほど固く張り詰めて、もう限界が近いのがわかる。

なのでトビーはもっと激しく口と手を使い、喉奥まで彼を受け入れた。

髪をつかむギデオンの手に力がこもり、その体がこらえるようにこわばって震えたかと思うと、トビーの喉に熱がほとばしった。

たまらない。

ギデオンが我に返る前にと、立ち上がったトビーは下着からペニスを引き出し、それでギデオンの下唇をつついた。

口が開く。ギデオンの目はとろんとしていて、その口の中へトビーは己を突きこんだ。ギデオンが舌を下げてトビーを根元まで呑みこみ、喉まで受け入れて、まるごと粘膜で包みこむ。

「ひゃっ」

押し寄せる怒涛の快楽に不意打ちされたトビーは叫んだが、ギデオンが尻を押さえて逃さない。

顔をうずめて。

自分のものがビクビク震え、膨らむのがわかる。ギデオンはさらに呑みこみ、鼻で息をしながら唸った。その振動がトビーのペニスを包み、そしてギデオンの手が陰嚢にのびて指が裏へ滑りこむと、トビーは一言もなく達していた。

「ああ、マジ、ヤバい」と声をかすれさせ、ギデオンの喉へほとばしらせる。

あまりに荒々しい絶頂の勢いに頭がくらくらして、骨までとろけたかのようだ。ギデオンが顔を離すと、手を貸してトビーを横たえた。抱き寄せられながらトビーの体はまだピクピクと震えていた。

「大丈夫か？」

「んんん」なんとかそう返す。脳の回路がつながるまで少しかかった。「しゃべれない」

ギデオンが笑って、トビーの背中をさすった。

「あんなのどこで覚えたんです」

「フェラチオ教室だな」

「むむ。それ、あなたが先生のお気に入りでいい子だったから課外授業をしてもらったってエピソード付きですよね？」

ギデオンが腹から高らかに笑った。「付いてない。だがそのポルノは見たことがあると思う」

トビーは「ぼくも」とクスクス笑った。

そして二人は静寂の中、ただ抱き合い、肌に線をなぞりながら、やがて一緒に深い眠りへ落ちていった。


金曜の夜、トビーはてっきりジョシュの車が迎えに来ると思っていたのだが、違った。来たのは母だった。

輝くような笑顔で近づいてくるカーラは、手にアルミホイルをかぶせた何かの皿を持っていた。

「あああえらいことに」と、トビーは囁いた。「先に謝っときます。母は何かあなたがぎょっとするようなことを言うだろうから。ぼくもだけど」

　ギデオンは笑って、玄関ドアを開けた。

「カーラ、どうぞ上がって」

「まあありがとうね」彼女が答える。「この間より随分と元気そうになったじゃないの」

「とりあえず、顔はもう緑色じゃないと思うので、まずまず」

「ママ」

と、トビーは問いかけと警告が混じった口調で言った。

「ここに何しに来たの」

「ジョシュは遅くまで仕事があるからね、それでこれ持ってきたんだよ」

　彼女はアルミホイルのかかった皿を持ち上げてみせた。

「土日はギデオン一人だけでしょ、それならとお祖母ちゃん《ノンナ》の特製レシピのラザニアを作ったのさ」

「お祖母ちゃんお手製のトマトソース《パサータ》で？」

「当たり前でしょ」

　そう返ってくる。それから母はトビーのいるほうへ皿をつき出した。「持ってってって。あれ、キラキラしたちびちゃんジェリービーンズはどこにいるの？」

見回してベビージムの下にいるベンソンを見つけ、彼女は一直線にそちらへ向かった。

何を言っていいのか、どうするべきか、トビーはわからなかった。とりあえずラザニアを手に肩をすくめる。

「これは、ぼくのお祖母ちゃんのお手製パサータ入りなんですよ」

ギデオンはすっかり笑顔だった。

「とても美味しそうだ」

「わかっていませんね」トビーは鋭く耳打ちした。「これってつまり、あなたはもう我が家の一員ってことなんですよ。血族に加えられ、一族の神聖なる聖杯のおこぼれを得る資格を認められたんです。お祖母ちゃん《ノンナ》がソースを作り、お祖父ちゃん《ノンノ》が瓶詰めする。これはどえらいことですよ」

「そうか」ギデオンはまだ楽しそうだった。「光栄だ」

「このチビソーセージちゃんに歯が生えたのはいつ？」

カーラがたずねた。膝にベンソンをのせて優しくはずませている。

「昨日生えたばっかりだよ、ママ」

そこでやっと、まだトビーがラザニアの皿を持ったままなのに気付いたようだ。

「さっさとそれをキッチンに片付けておいで、トビー。私は夕食までに帰らないとならないからね。お前の大叔母さんが待ってるんだ。オーブンに料理も入れてきたし」

トビーはうんざり顔になって、ギデオンとベンソンとここに残りたいという思いをますます強くしていた。

ギデオンは笑いをこらえている。

彼に皿をさし出した。

「家にもラザニアはある？」

「ないよ」カーラがベンソンをスイングチェアに座らせ、立ち上がった。「今夜はチキンだよ」

トビーは顔をしかめた。「チキンはやめて。チキンだけは嫌なんだけど」

カーラにさっさと家の外へ押しやられて、トビーは鞄をひっつかむのがやっとだった。何とか『ここにいたい』と口の動きで言い残すが、その間も母から、自分は一度も食中毒を出したことがないと説教を浴びせられる。

ギデオンの輝かしい笑顔を最後の光景に、バタンとドアが閉まった。

13

トビーと母親が出発してから、ギデオンは一時間くらいは笑顔だったに違いない。親の愛はいいものだ、あれこれ世話を焼いて、ちゃんと食べているか気を回してくれる。

そしてラザニアの味は？

とろけるようなうまさだった。

つい我慢しきれず、スプーンできれいにこそげ取った取り皿の写真に短いメッセージを添えてトビーに送っていた。


おいしかった。これまで食べたなかで最高のラザニアだ。

シェフにお礼をよろしく。


数秒でトビーからの返事が届いた。


なんて憎らしい。ぼくはチキンマルサラを食べましたよ。おいしかったけど胃がチキン嫌いになってるんです。

ラザニア少し残しておいてください。恩に着ますから。


ギデオンは携帯電話を見て微笑んだ。六人家族でも満腹な量のラザニアだ。一日で食べさるなど不可能な話だが、一緒にふざけたい気分だった。

善処しておく。

しばらく返信がなかったので、自分の夜をすごすことにした。満腹のベンソンはベビーベッドでぐっすりなので、ギデオンはラズベリーティーを手に旅番組でやっているペルーのハイキング特集を眺めた。

トビーがいないと、どこか違う。

彼なら画面に出ている料理や絶景、文化についてあれこれ感想を言うだろう。さらにきっと二人のハイカーのファッションをからかう。今夜彼はどうしているのだろうと、ギデオンは思った。

少しはギデオンを恋しがったりしているだろうか？

まるで心を読まれたかのように、携帯電話が震えた。トランプが並べられたテーブルの写真で、六人分の手と、シェリー酒かポートワインらしき小さなグラスがいくつか写っている。

今、ゴッドファーザーの場面みたいにイタリアのおっさんに囲まれてユーカーやってます。助けて。

ギデオンは微笑んだ。

勝ってるかい?

冗談。うちのじいちゃんにトランプで勝てる人なんかいないよ。八歳からやってるんです。これ対戦するたびに毎回聞かされて。

ギデオンは笑い声を立てたが、身の奥で何かがズキリとうずいた。トビーの持っているものがうらやましい。その家族の絆が。親や祖父たちとトランプで遊ぶ姿が。

俺も行きたいよ。

ユーカーできます?

全然。

よし、ぼくよりヘタクソを確保できた。

ギデオンは鼻を鳴らしたが、何を返せばいいのかわからなかった。一晩中話していたい。電話をして、トビーの声が聞きたい。そんなの馬鹿げているだろう？　トビーは家族とすごす日だ。仕事から離れる時間が必要だ。

トビーにとって自分とベンソンはその〝仕事〟なのだと気付いて、心がもやもやした。そして切ない。

じゃあ、夜を楽しんでくれ。

今夜は何してるんです？

『旅する愚か者』のペルーの回を見ている。きみがあきれそうなハイキングブーツだよ。

笑った顔文字が二つ返ってきた。ギデオンは画面を見て長いこと微笑んでいた。

おやすみ、トビー。

おやすみなさい。ＸＸ

ベッドに入ったギデオンは、天井を長いこと眺めていた。ここにトビーがいてくれたらと思う。抱きついて、腕を回してくれていたら。キスしたいし、その顔にふれたいし、お互いの腕の中で眠りに落ちたい。

そういうわけにはいかず、ギデオンには孤独が寄り添い、夢を現実が侵食する。

ついにトビーと手に入れたものは、ギデオンが望んだとおりのもののはずだった。それで十分だと、自分に言ってきた。

だがもう、それでは足りないのだ。

これ以上を求めている。


待ちに待った日曜がやっと来た。ギデオンは午前中をローレンとジルとすごし、彼らのバカンスの計画を手伝った。というか主には、二人がホテルやフィジーでのシュノーケリングの計画を練るのを心の底から妬ましく眺めながら、膝の上でベンソンをはずませ、苦しいほどトビーが恋しいことを隠そうとしていた。

たった二日いないだけで誰かが恋しいなんて、あまりにも情けないだろう。

「で、トビーと始めた取り決めはどんな感じ？」と、ローレンが聞いた。

ジルがニヤニヤとギデオンをつつく。「ローレンから聞いたよぉ」

「だろうと思った」

「どうせキスマークでバレバレだけど」と返ってくる。彼女はギデオンの首筋を眺めた。「色が引いて今は黄色っぽいね。いい感じ」

ギデオンは溜息をついた。

「取り決めはうまくいってる。というか、素晴らしい。彼は最高だ」

ローレンがまじまじと彼を見つめた。「ギデオン……」

いつも彼女には内面を見抜かれるのだ。

「たった二日だ」

ギデオンはそう漏らしていた。

「二日間。それだけだ。なのにもう寂しい。こんなのどうかしているし、取り決めに含まれてもいない。俺は一体何をしているんだろう。俺のほうが年上なんだから、当然ずっとわきまえていてしかるべきだ。だが冷静で沈着で落ちついているのは向こうのほうで、俺はもうしっちゃかめっちゃかだ」

「実家にいる彼だって今しっちゃかめっちゃかになってるかもしれないし。わからないでしよ？」とジル。

「いや、彼は活動的だから。今朝は母親と朝市に行って、午後は兄とビーチに」

ローレンが眉間にしわを寄せた。

「どうして知ってるの。SNSを監視してるわけじゃないよね？」

「え？　まさか！」ギデオンは語気を強めた。「メッセージをやり取りしてるんだよ」

二人はまた、ギデオンを凝視した。

「なんて言うか、そりゃまた彼氏な距離感ねえ」

ジルにそう言われる。ギデオンが否定する前に、彼女はさっと両手を上げた。

「悪いって言ってるわけじゃないのよ。ってか、すごくいいんじゃない」

彼氏な距離感？

どうしよう、頭がくらくらしてきた。

「だけど？」と先をうながす。

「だけど、ちょっと進展が早すぎるかもしれないわねえ」とジルが言い出した。

ローレンが首を振って、

「そんなことないでしょ。考えてもみてよ、あんたと会った時の私はまだシアとつき合ってたんだからね」

「それは話が違うって」

「違わないって。出会った瞬間、私たちはただ運命の相手だってわかったでしょ」ローレンが肩を揺らした。「私はね、ギデオンもトビーと出会った瞬間、彼が人生で大切な存在になるってわかったんじゃないかって思うんだよ」

彼女はふうっと大きな息を吸い、微笑とともに吐き出した。

「はじめはね、あなたが浮かれてるだけかと思った。別れた反動かなって。でもここまで来ると、本物かもって思いはじめてる」

「本物？」

「本当に好きなんでしょ？」ずばりと聞かれる。「トビーが恋しくて、ずっと頭から離れないでいる。思うだけでジリジリしてる。あなたが腑抜けた表情になってるのが、ここからだって見えるし」

「腑抜けてなんかいない」

彼女はまるでマリファナを吸いすぎたような表情を真似してみせた。

「目がぼうっとして、ヘラヘラした笑いを浮かべちゃって」

ギデオンは微笑み、それから笑い出していた。

「わかったよ、もういい。俺は本当に彼が好きだと思ってるよ。バカみたいだろう。だって、向こうが同じ気持ちなわけがないんだから。それに俺たちの間には雇用、被雇用の問題が残ったままだし」

「彼と寝てるんでしょうに」とジル。「とっくに輪は転がり出したのにそれを止めようっていうの？」

「いや、そうではなく……止めたくはない。転がるままにしておきたい」

ローレンがギデオンの膝をポンポンと叩いた。

「おめでとう、ギデオン。あなたが幸せそうでうれしいし、ちゃんと大事にしてくれる人が見つかってよかった。彼はあなたの世話を焼いて、ベンソンをかわいがってる」と、ベンソンの小さな足先を揺らした。「しかもリバなんでしょ。相性バッチリじゃないの」

ジルが息を呑んだ。「そうなの？　それ初耳だけど」と非難の目つきでローレンを刺し、「じゃあもう完全に、ぴったりはまるジグソーパズルのピースの相手を見つけたみたいなもんじゃない」

ギデオンは引きつった笑いでごまかした。

「あー、それは幸いだ。うむ」

ローレンが溜息をつく。

「でもやっぱりちゃんと話をしたほうがいいと思うよ。本気になっちゃう前に、と言いたいところだけど、そっちはもう手遅れかな」

ギデオンは呻いた。「駄目にしてしまうのが怖いんだよ。現実が降りかかってくるまでただ楽しむのは許されないことだろうか？」

ジルが顔を引き締めて、

「楽しんでもいいんじゃない。もう足はどっぷり浸かっちゃったんだから、今さら失うものもないでしょ。彼もドボンと引きずりこめるかもね」

「そんなの駄目だって！」と、ローレンがぎょっとした笑いをこぼした。

「かまわないじゃないの」

「もし面と向かって聞くのが怖いなら、彼の反応を観察するのはどう」ローレンは引かない。「帰ってきた時の様子を見てさ。向こうも同じぐらい寂しがってたかどうか」

「どうやって？」

「そうねえ、帰ってきてそのまま自分の部屋にこもっちゃうとか、カウチで携帯ばっかり見ているとかなら、あなたが期待するほどは乗り気じゃないかもしれない」

それならギデオンにもできる。自分と同じほどこの関係に深入りしているかなんて、トビーに直接聞けるわけがない。きっと気まずくなるだけだし、否定されて今の関係が壊れるのも怖い。

もっと悪ければ、トビーはこの家から去ってしまうかもしれないし――。

ローレンから優しく揺さぶられた。

「考えすぎちゃ駄目だって」と言われる。「あらゆる可能性を頭の中でひっくり返してるんでしょ？　毎日一歩ずつでいいんだよ、ギデオン。あと、帰ってきた彼の様子をちゃんと見て」

ギデオンはこわばったうなずきを返した。「わかった」

そして六時が近づくと、ギデオンの神経はすでにボロボロだった。胃はよどんでぐっと結び目のように固くなり、こんなに緊張しないとならない自分が滑稽だった。

彼はキッチンで、不機嫌なベンソンを腰抱きにしていた。そう、今すぐにと食事を要求されたからである。

ファレックスをちょうどいいゆるさに溶くギデオンをベンソンが手伝おうとしていた時、玄関でカチャッと鍵の鳴る音がして、すっかりなじんだ声がした。

「ただいまー」

「キッチンにいるよ」ギデオンは声を張る。「ベンソン、それはまだ食べちゃ駄目だ」

トビーが温かな笑みを浮かべてやってきた。キッチンに来ると、何かの皿をテーブルに置き、それから二人にまとめて腕を回し、まずギデオンの頬にキスをしてから、ベンソンにもキスをする。

キスだと？　夜じゃないのに？　彼らの〝取り決め〟は仕事時間外のはずだが。

さすがにこれは何かの意味を読んでもいいだろう？　きっと？

トビーはギデオンの背に手を当てたままたずねた。

「ぼくがいなくて寂しかったですか？」

どれほどそれが真実か、彼が知っていたなら。

ギデオンは冗談でごまかすつもりだった。笑わせようと考えていたのに、最後の瞬間に真実を選んだ。トビーの目をまっすぐのぞきこみ、答える。

「ああ」


「もちろん寂しかったに決まってますよね」

とトビーは答えて、ギデオンの腕からベンソンを抱き上げた。

「あれえ、このぴよぴよチッキーナッキー、ちょっと見てないうちに育ってません？　でっかくなってますよ」

「あれだけ食べればな」ギデオンが返事をしながら、何とかファレックスをうまく混ぜ合わせた。「リンゴ入りのやつを試すことにしたんだ」

「おおー」

トビーはベンソンをスイングチェアに座らせてスタイを装備させると、ギデオンとカウチに並んで座り、そしてギデオンははらぺこの小鳥を相手にするようにスプーンで一杯ずつベンソンに食べさせはじめた。

「どうやら気に入ったみたいですね」と、トビーは笑い混じりに報告する。

「今日は朝からずっとはらぺこの子なんだ」

気がつくとトビーはギデオンにもたれかかっていて、きっとやりすぎなくらいだろうが、気にしなかった。

とても色々なことを考えさせられた週末だったのだ。いや考えさせられたというか、母親がギデオンの首の痕についてたずねてきたのが問題だった。金曜の夜、車に乗りこんで十秒後のことだ。

そしてその後、案の定、ジョシュがきれいにトビーの足をすくった——全員の面前で、新しいボスはベッドの中で上手かい、とトビーにたずねて。

そうなのだ。

全員の面前でだ。

トビーの一家では何一つ隠し事はなく、彼がゲイでも誰も気にしていなかった。祖母《ノンナ》はジョシュにガールフレンドのことを聞くのと変わらない調子で、トビーにボーイフレンドのことを聞く。それだけだ。

その家族から、上司とそういう仲なのかと問われて、トビーはごくごく正直に答えたのだ。

「そういうんじゃないから」と。

「でもそうなりたいんじゃないの？」と母が問いただした。「あの人とてもいい人だもの。とてもハンサムで。息子がまたかわいい。素敵な家に住んでるし」

この会話をかわす方法はないと、トビーは思い知っていた。おまけに否定も嘘も無理。何しろトビーは、たしかにギデオンと〝そうなりたい〟のだ。

「複雑なんだよ」と返した。「あと、何も心配することはないから」

もちろんそれを聞いて、家族はもっと心配した。親の愛ゆえにだとはトビーもわかっているが、母から「ギデオンとどうなりたいか」や「それは心からの答えか」を何回問いただされたか、もう記憶もない。

トビーが一番恐れているのは、その自分の心なのに。

「ママが残り物をよこして」と言いながら、トビーはベンソンに食べさせているギデオンの背をさすった。「持っていけって言うし、ああいう人だから、逆らわないのが一番で」

「冗談だろう？」とギデオン。「嫌だなんて言うものか。あのラザニアは人生最高の味だった」

「少し取っておいてくれました？」

「もちろん」

トビーがギデオンの肩にキスをすると、食べさせる手がのろいとベンソンがわめいた。

「わかったわかった、どうやら誰かさんはカリカリしてるようだ」

トビーはそれに笑って、まだギデオンの背をなでながらベンソンへ笑顔を向けた。

「二人に会いたくて寂しかったですよ」

一瞬ギデオンが硬直し、それからトビーを見る。その目には炎と、真心があふれていた。

ギデオンが身をのり出し、トビーの唇をやわらかなキスで覆う。ぬくもり、やすらぎ。完璧だった。

　ベンソンにまた怒鳴られるまでは。

　ギデオンはとび上がって、それから照れた顔で笑った。

「わかった、わかったよ、まったく。このせっかち坊やめ。今日あれだけ食べといてそんなに飢えているわけがないだろう」

　ボウルが舐めたようにきれいになると、ギデオンはベンソンにやわらかいシリコンのスプーンを渡した。ベンソンはそれを小さな拳で握りしめ、止まることのない謎のおしゃべりも浮かれた調子になる。

　トビーは、本当に二人が恋しかったのだ。

　二人ともが。

　たしかに、これまで雇われてきたどの家族とも、しばらくぶりの再会はいつもうれしいものだった。だが恋しく思ったことなど一度もない。たった二日の間になんて、なおさらだ。

　二人のそばに戻ると、あるべきところに収まった気持ちになる。
　一、二時間、彼らは忙しく動いて、自分たちの夕食を済ませてベンソンにミルクを飲ませ、風呂に入れた。トビーはドアのすぐ外に立って、ギデオンが歌う子守歌や、読み聞かせの低く優しい声に耳を傾けた。その声はベンソンを眠りに誘ったが、トビーには真逆の効果を及ぼしていた。

トビーの胸がいっぱいになり、まだ名付けるのが怖い感情で切なさがあふれてくる。

子供部屋を出てそっとドアを閉めたギデオンは、廊下にいるトビーに驚きをあらわにした。

「おっと。やあ」

ニコッとして、トビーはギデオンの手を取った。

「あなたが歌い聞かせている子守歌、とても癒やされますね」

引き寄せて、体がふれ合う。ギデオンの顔を包み、ざらつく顎に親指を這わせた。

「あなたのひげが恋しくて」

ギデオンがぷっと笑った。「何が恋しいって？」

トビーの親指がその口ひげの端をなでつける。

「あなたとのキスと、口ひげの感触が」と呟いた。「すごく好きなんです」

ギデオンがトビーの脇から尻にかけてなで下ろした。

「今夜は紅茶を飲むかい？」

「絶対お断りします」

トビーを後ずらせて、ギデオンはそのまま自分の寝室へと向かう。「ありがたい」と呟いて、トビーに唇を重ねた。二人はベッドのそばに立ち、キスをして、味わい、手をあちこちさまよわせ、ゆったりと舌を絡ませて、再びの時間を確かめる。

トビーは今夜、終わりを急ぐつもりはなかった。じっくりと実感したいし、楽しみたい。

ギデオンのほうも急がなかった。トビーの顔を包んだ手つきは優しく、甘く、首筋へと踊るようにたどるその指使い、そしてまるで、すべてが……えもいわれぬ妙味であるかのようにこぼれる吐息と呻き。

そう、わずかも急いではいない。

そして数時間後、やっと二人が固く体を絡ませ合いながら眠りに落ちた時、トビーは自分とギデオンの境目がどこなのかよくわからないくらいだった。

わからないままでいい、きっと。

月曜の夜も同じだった。ギデオンは仕事から帰宅し、二人に満面の笑みを向け、両方にキスをする。

そして火曜も。水曜も。木曜も。

昼の間にはさりげないふれあい、おだやかで軽いキス、ひそかに交わす微笑。そして夜になると長い愛撫の時間と、じっくりとたどり着くオーガズム。

まるで、愛し合っているようにすら感じられるような。

トビーはギデオンとセックスをしたかった。二人はもうほとんどすべてやったが、挿入はまだだ。近いところまでは来た。互いに焦らしたり挑発したり、ギデオンの穴にトビーの屹立をこすりつけたり、ギデオンがその逆をしたりと。

そして、それが現実に。そう心が固まったトビーは、気持ちをギデオンに伝えてあった。ギデオンがベンソンを風呂に入れてる間、トビーは自分のバスルームへ姿を消し、ベンソンが寝かしつけられた時にはもう準備を済ませていた。

トビーが入っていくと、ギデオンはカウチに座っていた。

「今、やかんを火にかけたところだよ」と言う。近づくトビーの顔をうかがった。「具合は大丈夫か？　しばらくこもっていたが」

トビーはカウチに片膝をのせるとギデオンをまたぎ、ゆっくりと腰を落とした。

「とっても元気です」と囁く。「ちょっと自分にあれこれしていただけです。しっかり準備をしようと思って」

ギデオンの顎をすくい、上を向かせて荒っぽいキスをした。

「今夜、ぼくの中にあなたがほしい」

ギデオンが揺れる息をこぼす。濡れた唇、暗い色に開いた瞳孔、トビーの腰を強くつかむ手。

「トビー」と、祈るように囁いた。

そしてほんの一瞬、トビーはギデオンからノーと言われるかもと怖くなる。

だがそこでギデオンの手がのび、トビーの顎をつかんで、親指を口に滑りこませる。彼が腰をゆすり上げるのに合わせ、トビーは顔を下げてまたキスをした。荒々しい、追い詰められたようなキスが、もうめちゃめちゃにエロい。

トビーは呻き、膝をもっと開いて、ギデオンに自分をこすりつけようとする。

ギデオンがキスを終わらせ、一言だけ言った。

「ベッド」

その言葉で十分。とび上がったトビーはギデオンを引き起こし、引きずるように彼の寝室へ向かった。ギデオンが、自分のベッドに並べられたコンドームとローションに足を止める。さっとトビーを見た。

「自信過剰？」

トビーがシャツを脱ぐ。「ううん。当然の備えですよ」

それからトランクスも。

「それにぼくはもうムラムラしてたまらないので、そっちもさっさと脱いだ脱いだ」

ギデオンが目を大きくして、笑った。

「そうだった。きみの強引さを忘れてたよ」

それでもまだ脱ぐのが遅いので、トビーは手伝いにかかった。まずはTシャツ、それからスウェットパンツ。見事なペニスはずっしりと太く、トビーの腹の底で欲望がうずうずとたぎる。

ゆっくりと、長くしごいた。

「めちゃくちゃあなたがほしい」

囁いて、ギデオンの肩にキスしながらさらに手を動かす。

ギデオンがトビーの顔をつかんで乱暴なキスをした。口ひげがくすぐったい。トビーの大好きな感触。

だが切迫しすぎていて、今はもう待てない。

キスを切ると、トビーはベッドの中央に膝をついた。自分をしごいて、ギデオンに見せつける。それからゆっくり、ゆっくりと、体を倒して四つん這いになり、背をしならせて、尻を宙に突き上げた。手をのばして陰嚢をつかみ、またゆっくり引っ張ってみせる。

「ぐ……」とギデオンが息をこぼした。

前触れなく、ギデオンの手が尻にかかると大きく広げ、濡れた舌がトビーの穴を舐めた。

トビーはシーツをつかむ。「あぁっ」

ギデオンの舌がねじこまれ、抜き差しして、トビーを喘がせる。トビーはベッドに顔をうずめてシーツを握りしめ、背をそらせた。

ギデオンは彼の穴を耐えがたいほどの時間犯してから、舌を指に替え、ローションを足し、さらに指を増やした。彼をほぐし、広げて、最高のやり方で調えていく。

だがまだ足りない。

トビーはもう乱れかけで、足りなくて、ひたすらに懇願する。

「お願い、ギデオン、早く。早く」

袋を破く音がするとトビーはほっと微笑み、全身の力を抜いた。ほしいものが来る。どうしてもほしくてたまらないものが。

「やったあ。すぐください」

ギデオンがトビーの穴に己を押し当てる。トビーは息を詰めた。押し入ってくる。ゆっくりと、太いものが、トビーをこの上なく最高に押し広げていく。ギデオンがずんと入ってくると、目がくらみ、息が喉に詰まった。

「ああ、すごい、トビー」とギデオンが絞り出した。「なんて気持ちいいんだ」

トビーは息をつくことすら難しい。ギデオンがあまりにも大きくて、圧倒的で、こんなの――。

「息をしろ」とギデオンが囁いた。背中から包むように身をかぶせて、背骨にキスをする。

「呼吸して」

トビーはゆっくりと息を吐き、吸いこんで、肩の緊張をゆるめた。ギデオンが肩甲骨の間や背骨にキスを落とし、肌を舐め、しゃぶって、トビーの腰に指を食いこませて、根元まで深々と貫く。

それから体を起こして、角度を変えた。

「あっ、ヤバッ」とトビーは声を上げる。

ギデオンのものが抜けていっては貫き、幾度も幾度も、はじめはゆっくりと、トビーの体を慣らしていく。それから速く、もっと深く。もうトビーは、呻いたり意味不明な言葉をこぼすことしかできない。

どうしようもない。

ギデオンに全身を支配されている。

「ああ、本当にきみは気持ちがいい」突き上げながら、ギデオンが唸った。「俺をこんなに受け止めて」

ぐいとトビーの肩をつかみ、膝立ちに起こして腕でかかえこむと、背後から支えて、その体勢で犯しにかかった。

トビーの頭はギデオンの肩に預けられている。体がちぎれてしまいそうで、極限まで満たされているようだった。この体勢は、あまりにも奥までギデオンが入ってくる。

その時ギデオンの手でペニスを包まれ、トビーはほとんどすすり泣くように叫んだ。もうすぐそこなのに、ありえないほどに遠い。限界まで追い詰められている。

「先にイッてくれ」

ギデオンの声が、トビーの耳の中で乱れて響く。

その命令に肉体が従ったかのように、トビーの睾丸がぐっと締まり、絶頂がきつく凝縮され、数回しごかれると震えながら達していた。その腰をギデオンがつかみ、限界の中で突き上げられて、さらに天国へ追い立てられる。

背をしならせ、全身を張り詰めさせて、トビーは叫びながらタオルの上に熱をほとばしらせた。

完全に骨抜きになって、ギデオンへ倒れこむ。

ギデオンはまだ終わらせなかった。トビーの肩をベッドへ押さえ付け、尻をぐいと引き上げて、ガンガンと突きこむ。容赦なく、深く犯され、トビーはそのすべてを受け止めた。たまらない。永遠に続いてほしい。こんなふうに、完全に彼のものにされて。

ギデオンのものになって。

最後の一度、ギデオンが激しく突き入れ、トビーの腰に指を食いこませて、身を震わせた。彼のペニスが膨らみ、ヒクついて、呻きとともにトビーの内側でコンドームを満たす。

トビーはベッドにうずめた顔で微笑した。

「すっご……」

上からギデオンが崩れ落ちて、ほとんど動くこともできずに荒々しい息だけをつき、トビーのうなじにキスをした。

「大丈夫か？」

そう呟く声はかすれていた。

トビーはふふっと笑う。

「最の高ですよ」

肩でギデオンの微笑みを感じ、続いて優しいキスが落とされた。

ゆっくりと引き抜かれてギデオンが消えるが、トビーはまだ動けない。戻ってきたギデオンは濡れタオルを手にトビーの世話をしてくれた。

彼はトビーを腕の中に抱き寄せる。そして、トビーは死んだように眠った。

14

ギデオンはトビーより早く起き出した。珍しいことだ。だが自分がトビーに何をしたか思えば不思議ではないだろう。

ベンソンを起こしてミルクを飲ませていると、トビーがよろよろと起きてきた。

「おはよう」とギデオンは声をかけた。「よく眠れたかい？」

「マットレスにぺしゃんこに押しこまれたみたいによく。あなたはどうでした？」

ギデオンの口がぽかんと開いた。

「えー、それは……ああ、うん。とてもよく眠れたよ、ありがとう」

「おやおや今朝はシャイなんですね。ゆうべと打って変わって」トビーがニヤついた。「すみません、ベンソンの声を聞き逃して。随分早くから起きてました？」

ギデオンは首を振る。

「いや、大丈夫だ。ミルクを飲んでるよ。じきファレックスを食べたがると思うね」

うなずいたトビーが、顔をしかめて尻をさすった。

「今日はあんまり座らないほうが良さそう」

ギデオンは笑顔になったが……それも意味を察するまでだった。さっと顔がこわばる。

「なんてことだ、大丈夫か？」

トビーがクスクス笑った。「めっちゃ大丈夫です。まだ雲の上みたい。コーヒー飲みます？」

キッチンまでギデオンは追いかけていった。

「何か要るものは？　本当に何ともないか？」

トビーがやかんの火をつけてカップボードからカップを二つ取った。くるりとギデオンに向き直る。

「ぼくが大丈夫と言ったら本当に大丈夫だって意味です。めっちゃいい感じです。マジでたまんねえーってくらいいい感じ。とことんされたって気分だし、次が待ちきれないですね」

ギデオンはまだ納得しきれていなかったが、トビーが言うならそうなのだろう。「トーストを焼くよ」

二人はキッチンで肩を並べ、トビーがコーヒーを淹れる間にギデオンがトースターに向かう。

トビーはギデオンに尻をぶつけてきた。

「それで、そっちはどんなご気分なんです？」

「あ」ギデオンの頬が上気し、つい笑みがこぼれた。「俺は……爽快だよ」

「でしょう」トビーも賛成した。「ゆうべはすごかったですもん。まさにぶちかましたって感じで」

ギデオンは視線をひたとトースターに固定し、下唇を噛んだ。

「では……ええと……きみは、いつなら――」

トーストがポンと跳ねて、ギデオンはとび上がった。

トビーが笑い出した。

「ぼくにしたことを、あなたもぼくにされたいんですね？」

ギデオンはトーストにバターを塗りつけるのに精一杯で、とてもトビーのほうは見られない。

「えー、そんなようなことを、まあ考えていた」

ふーむとトビーはご機嫌で呟く。

「今夜は無理ですね、金曜だし、週末はあのどんちゃん家族ディナーなのでママがきっかり六時に迎えに来ます。ぼくに手伝わせる気なんです」

と、目で天を仰いだ。

「日曜ならどうでしょう？　ぼくは六時に帰ってくるので、ベンソンはごはん食べて七時か七時半には寝ますし。八時にはあなたをベッドへうつ伏せに押し倒せるってもんです」

ギデオンはトビーを凝視していた。ごくりと唾を呑む。「んんんん」

トビーはニコッとした。沸いた湯をカップに入れ、かき混ぜて、ギデオンに片方を手渡す。

「イエス、と解釈しますね」

ギデオンの脳が事態に追いつくまで数秒かかった。

「……そんなことを考えながら今日どうやって働けばいいんだ。というか、もう週末ずっと頭につきまとって離れない」

「それは何より」

トビーはコーヒーを飲み、「どうも」とバター付きのトーストを一枚くすねた。

そして当然のように、ギデオンは一日中そのことばかり考えていた。というか、トビーからどんなことをされるのだろうかとか、自分が昨夜トビーにしたこととか。あんなセックスはこれまで誰ともしたことがなかった。

あんなに濃密で。あんなに感情が満ちあふれた。

あんなに誰かの深くまで入りたいと願ったことはなかった。トビーの内側に潜りこみたい。ずっとそこにいたい。

あれは、セックスの枠に収まりきらない何かだった。

仕事は忙しく、数分ごとに脳が18禁ワールドにトリップしないようにしてできるだけの分をこなしていった。トビーのことを考えないようにして。大好きなあの子たちと家にいられたらと願わないようにして。

大好きなあの子たち。

(は?　正気か)

その時、携帯電話がFaceTimeの通知を鳴らした。もうそんな時間だとは——。

ベンソンの愛らしい顔が画面いっぱいに映った。

『ダッダにごあいさつして』と画面の外からトビーが言う。

「かわいいうちの子は今日はどうしてたかな?」

『今日はまたおなかペコちゃんの日ですね。はらぺこで、一分ごとにむくむく育ってます』

その言葉にギデオンは微笑んでいた。

「じゃあもう一人の……」

かわいいうちの子はどうしてた、と言いかけてこらえる。「……トビーの調子はどうだい?」

画面が動いて、トビーの顔が映った。

『なんと、座れてます』ニヤついて報告する。『腰のところに、どうしてか指みたいな形の痕がついてるんですよ。何かご存知ですか?』

ギデオンは目を見開いた。オフィスに一人きりの時で良かった。

「それは……」咳払いをする。「すまなかった。トビー、痕をつけるつもりでは——」

『謝ることじゃないし』

突っぱねられた。トビーが携帯電話を顔に近づけてじろりとにらむ。

『だって、次も同じことをやってもらいますから。いいですね？』

そうか。なら、まあ。

ギデオンの胸に熱が広がる。

「どっちが好ましいか難しいな。強引なきみか、おねだりするきみか」

トビーが唖然とした顔をして見せてから、ニヤリとする。『おねだりなんかしましたっけ？』

ギデオンは笑った。仕事場向けの話ではない。

「じゃあ、そろそろきみを解放しよう」

『あっ、切る前に、ちょっとだけ話が。断ってくれて全然いいですからね。というかぼくがあらかじめ断ったんですけど、きっと母がこの話を持ち出すだろうから念のために言っておきます。母が、明日のランチにあなたも来ないかと誘ってるんです。一族勢揃いのやつに。いとこだのはとこだのもずらりと来るし、軍隊でも来るのかって量の料理が並ぶし、いきなり降って湧いた話なのもわかってますし、あまりに申し訳ないのでもう何も言わなくていいです。どうも母は、ぼくが留守の時はあなたがろくなものを食べてないと信じこんでるみたいで、とにかく聞いてこいって言われてるんです。気を揉むことじゃないって言ってあるのに。だから、気まずい思いをさせてすみませんが、今夜迎えに来たら母は絶対にその話をするだろうから先に警告しておかないとって――』

「ランチ？　きみの大家族とか？」

『勢揃いです。つまり、マジで全員いるってことです。おばさんとおじさんの四十五年目の結婚記念日なんで。うちのパパの姉なのでぼくにはもう一人の祖母《ノンナ》みたいな人で――』

「行きたい」

何を引き受けたのか頭で理解する前に、ギデオンの口からその言葉がこぼれていた。

トビーの家族との昼食、だとはわかっている。ただそれに付随する問題や……行くことで与える印象とかは……。

二人はつき合っているわけではない。恋人ではないのだ。だがトビーの家族は二人の仲をそう勘違いするだろうし、それなら行くのは利口ではないかも――。

だがギデオンは、家族というものに久しくふれていなかった。

「いや、きみさえよければだが」と、付け足した。「俺はかまわない。だがきみが気まずいと思うなら、それはそれでいい。ただもし、きみのお母さんが俺を誘えときみにしつこいのなら、俺は行くよ。ほかに予定があるわけでもないし」

一瞬の沈黙があり、トビーがあまりにも呆然と凍りついているので、携帯電話がフリーズしたかと疑うくらいだった。

『え。あ。うん。ぼくは全然かまいません。行きたくないだろうと勝手に思ってたので。イタリア人の年寄りに囲まれることになるのはわかってますか？　色々聞いてくるし、遠慮とか慎みとかまるきりない人たちですよ』

ギデオンは笑いをこぼす。

「そんなにひどい話には聞こえないが」

画面が、トビーの目にぐっと寄った。

『今の話のどこが伝わりませんでした？　苦行の段階が10まであるとして、あれは12ですよ。それに、ベンソンが三時間ぐらい行方不明になります。ベンソンはめろめろに甘やかされてほっぺたを千回ぐらいつままれて、きっと最初にしゃべる言葉が「なんてかわいい子《ベリッシモ・バンビーノ》」になりますよ』

それにギデオンは笑い出していた。

「わかったよ、じゃあそろそろ切るから。仕事に戻らないと」

トビーがベンソンを映した。『ダッダにバイバイして』

ベンソンのキラキラした目とよだれまじりの笑顔がいっぱいになってから通話が切れ、ギデオンは幸せな息をついた。

トビーの家族まるごとと対面することになったのか？　どうやら、そのようだ。

一体どういうふうに紹介されるのだろう？　トビーの雇い主？　友達？　トビーがナニーとして世話をしている子の父親？

よくわからないままだったが、行くのは楽しみだった。

「自分が何をしでかしたかわかってます？」

帰ったギデオンが玄関から入ると、すぐさまトビーにそう問いただされた。

「母に伝えたんです。おかげでとっても楽しい会話ができましたよ」

ギデオンはベンソンを抱き上げ、むちゅっと派手なキスをした。

「どういたしまして」

トビーがあきれ顔になる。

「かわいいジェリービーンズちゃんのためにベビーベッドを買っておくほうがいいかって聞かれたんですからね。あなたがアッチューゲ・アル・ヴェルデは好きかとも聞かれました。好きじゃないって答えといたんで、感謝してくださいね」

それが何だか、ギデオンにはよくわからない。だがベビーベッドと言ったか？

「ベビーベッド？　いらないって言ってくれただろうな」

「断りましたよ、もちろん。だって、まさかでしょう。それにあなたはトマトとニンニクと小麦粉のアレルギーだとも言っときました」

ギデオンは目を見張った。「どうしてそんな」

「そうすれば次は誘うのを諦めるかもって」

ギデオンは笑い声をこぼした。

「えーと、ありがとう？　だが俺がラザニアを食べたのはお母さんも知ってるだろう？　トマトとかにアレルギーがないのはもう知られてるよ」

その三つの食材はイタリア料理には不可欠なものだ。

トビーがはあっと息をついた。

「うん、知ってます。子供っぽいことはやめろと言われました」

「俺が行くのに反対なら……」

トビーがギデオンの手を取った。

「来てほしいです。ただ、心構え的にまだどうかなあと思って。昔のイタリア映画で、ずらっと並んだ年寄りがワイン飲みながらカードゲームをして、でかい声でお互いに罵りあったり、トマトやオリーブオイルの値段でわめきあったりしてるでしょ……あれってただのステレオタイプだと思ってます？　なら覚悟しといてくださいね」

ギデオンは微笑み、トビーの頰に優しいキスをした。

「正直、楽しそうに聞こえるよ。俺の家族はちっともそんなふうではなかったからね。そういう慣習や伝統のない家で、でもそれでも恋しく思う時がある。だから、きみの家族と昼をすごせるのは、俺にとっては楽しみなんだ」

トビーの表情がやわらかくなった。

「そうか、ギデオン。すみません。ぼくの考えが足りなかった」

ベンソンごとギデオンをぎゅっとハグして、

「いとこたちを、あなたにいくらでも分けてあげますよ。あとジョシュも。あいつはあげます。ママも——いや本当に、うちのママはあなたとベンソンを車に乗っけて、ぼくは置き去りじゃないかって気がしてますよ」

ギデオンは笑いをこぼした。

「いや、そうはならないさ。ただ、一つ確かめたいことがあるんだが」

トビーはひるみもしなかった。「どうぞ？」

どう自己紹介するべきか聞きたかったのだが、結局、ギデオンは日和った。

「手土産は何を持っていけばいいだろう？」


トビーは家の前に目を配っていようとしたのだが、母があれこれと用を言いつけてくる。この皿を持っていって。お父さんにもっと椅子を出してくるようたのんで。このテーブルクロスをかけてきて。

昨夜来てから、ずっと走り回っている。

軍隊でも十分賄えそうな量のじゃがいもを剝き、玉ねぎや芽キャベツを切り、とっておきの棚からとっておきのクリスタルグラスを全部出して残らず洗った。とっておきの銀食器もだ。こういう時にしかお目にかかれないものたち。

そして朝から父親を手伝って、家の裏手を掃除した。汚れていたわけではないが、どうやら水でザバザバ洗い流すのが肝心だったらしい。

チーズを切り、三種類のサラミ、四種類のハム、オリーブ、ドライトマトを切った。とりあえず、ガスボンベを充塡《じゅうてん》し忘れたジョシュのように庭で父から怒鳴りとばされずにはすんでいた。どうやら平日のうちにジョシュがやっておくはずだったらしく――。

この騒々しさ。にぎやかさ。

実家はいいものだ。

そこに人々が到着しはじめ、トビーは彼らを出迎えた。オーストラリアに帰国した後、ほとんどの面子とは再会を果たしているのだが、何しろいとこや大叔母や大叔父たちの数が膨大だ。二〇年前に転居したはずの隣人まで顔を出していた。昔のままの靴下とサンダル、太い金の鎖をじゃらつかせて。

（現実にいるんだから〝ステレオタイプ〟じゃないよな）

トビーの実家は広大というわけではないので、裏に屋根付きのパティオがあって助かった。さほどしないうちに家の中はどこもかしこも人があふれかえっていた。

「トビー！」母に呼ばれた。「誰か来たみたい」

トビーはあらびきソーセージとチーズ、ピクルスが乗ったトレイをテーブルに置き、椅子や人や足をよけながら隙間をかき分けて玄関へ向かった。

やっぱり、ギデオンだった。ベンソンを車から降ろしている姿にどれほどうれしい気持ちになったか、トビーは言葉にもできないくらいだった。

「ようこそ」と出迎えに進み出る。「迷いませんでしたか？」

「ああ、大丈夫だった。少し遅れてしまって、すまないな。ベンソンがぐっすり寝ていて」

「おやおや、これは立派な男の子がおいでになりましたねえ」

トビーは両手を差しのべた。ベンソンがニコニコと身をのり出して、トビーはすぐさま彼を抱き上げる。

「今日はダッダのためにいい子にしてたかな？」

ギデオンがベビーバッグを肩にかける。「今日もまたはらぺこ坊やだよ」

「育ち盛り坊やだもんねえ、ぴよぴよチッキーナッギーは」頬をつままれたベンソンが、ご機嫌でトビーを見上げた。「早く日陰に行こうねえ」

「ちょっと待ってくれ。今これを……」

ギデオンがベビーカーと、ワインの包みを取り出した。

「ワイン？」

「俺のではなく」と答える。「ご両親にだ」

「何も持ってこなくていいって言ったのに」

「手ぶらとはいかないよ」

「ベンソンをつれてきてるでしょ。それだけで無敵ですよ」

ギデオンがワインを引き出してちらりと見せた。高級なイタリアワインだ。

「気に入ってくれるだろうか」

「うわあ。あなたは永遠に祭り上げられますよ」

ギデオンはほっとした様子で微笑んだ。緊張しているのだと、トビーは気がつく。

「大丈夫ですか？」

「もちろん」と表情を正した。「少し緊張しているが。家族団らんの場は不慣れなんだ」

「あなたなら平気ですよ」

玄関へ向かったトビーは、ギデオンの動きがのろいのに気付いた。追いつくまで待つ。

「ねえ」と、優しく言った。「もし負担になるなら、入らなくても大丈夫です。ママには言っておくし。わかってくれますよ」

「いや、大丈夫だよ。ただ……俺はどう名乗ればいい？　何と言おうか。俺がゲイだとか、シングルファーザーだとか、先方は知っているのか？　もし——」

トビーはギデオンの腕に手を乗せた。「ここでは心配いりません。保証します。ゲイだからって誰も気にしないし。みんなにはただ――」

玄関が開いてトビーの母親が現れた。

「あらまあ、そのかわいいジェリービーンズを連れてきてちょうだい！　ああ、なんて愛らしい服なの」

言うなり母はベンソンをトビーから奪うと、ギデオンをさっさと家へ押しこんだ。百人分もの視線が彼らに浴びせられる。

「みんな！」

母が大声で言い渡した。

「こちらはギデオン、トビーの友達よ。それでこの小さい子はベンソン。こんなに愛らしい子、見たことある？」

まあ、それで決まりだった。

ギデオンは騒々しい歓迎や仕事について百もの質問を浴びせられる苦行に引きずりこまれ、口ひげについても聞かれ、そしてもちろん高級なワインをトビーの父に贈るとたちまちハグされてテーブル席に連行されていった。そしてベンソンにはその場の全員から「まあかわいい」「なんてかわいい」と賞賛が降り注いでいた。

誰もがベンソンを抱っこしたがって、順番待ちが始まる。

カーラがトビーをキッチンへ引きずっていった。

「あの人があんたに言ってたことが聞こえたよ。心配いらないって言ってやって。ゆっくりくつろいでって。まあまあ、かわいそうにね」

と言って、フルーツのスライスを盛った皿をトビーに渡す。「これを持ってってあげな」

トビーの胸いっぱいにぬくもりが花開いた。

「ありがとう、ママ」

ああ。家に帰るのは、本当にいいものだ。


トビーは料理や客の相手を手伝う間に、ほんの何回かギデオンを見かけた。

叔母のキャロルがベンソンにマンゴーを味見させてるのを見たが、案の定ベンソンはもっとよこせと興奮し、彼女の膝からとび出しそうになっていた。次に見た時には、ベンソンはトビーの大伯父マックスを見て笑っていた——モサモサの眉毛が面白かったのだろう。その後は、ベビーカーに寝かされて、いとこのジョセフが揺らしてあやしているのを見かけた。

何回か、ギデオンがトビーの祖父《ノンノ》の言葉に笑っているのも見たし、昼食の後はカード遊びに混ざっているのも見た。そのテーブルではギデオンが最年少で、四〇以上は歳の差が（少なく見積もって）あったが、よく持ちこたえていた。カードゲームでも、飛び交う罵声《ばせい》に対しても。

意外にもポーカーフェイスが板についている。

「楽しんでくれてるようだねえ」

と、カーラが言った。彼女はキッチンで洗い物をしていて、トビーは皿を拭いていた。

「そうみたいだ」トビーは認めた。「きっとこういう日がほしかったんだよ、ママ。家族の団らんがなつかしいって」

母が眉を寄せた。「家族とあまり話してないのかい？」

トビーは首を振り、

「両親は亡くなってるんだよ、ママ。祖母に育てられたけどあまり優しい人じゃなかったんだって。妹とも——」

そこで声をひそめた。「その妹がベンソンの生みの母なんだけどね。疎遠になってる。ギデオンは今日、家族が恋しくて来たんだよ」

カーラが涙をためた激しい、悲しげな目でトビーを見た。

「なんてかわいそうなの」

トビーは母をハグした。

「そういうママだから、ぼくはママの子で幸せだよ」

母が短く彼をこづいて、布巾を手から取り上げる。

「やだねえ、泣いちゃうじゃないか。さっさと紅茶とコーヒーの支度をしなさい。ほらほら、行った行った」

ギデオンがふらりと、尻ポケットに両手を突っこんでキッチンへ入ってきた。

「みんな俺には手強すぎるね。賭け金が瓶の蓋だけで、救われたよ」

「イカサマだからね」と、カーラ。「古狐の巣窟だよ。血も涙もありゃしない」

それにギデオンは微笑して、困ったことにトビーは両腕を彼に回してあげたくなった。さわって、優しくキスしたい。

もちろん無理だ。母の日があるし。答えようのない質問を浴びせられることになる。たとえば「あんたの職はどうなるの?」とか。「先のことはどう考えてるの」とか「ベンソンのことはどうするつもりなの」とか。

いずれ自分で答えなくてはならない問いばかりだとわかっていた。必ず。何故なら、今日何を思い知ったかと言って――家族と打ち解けるギデオンを見て、トビーはもう後戻りはないと悟ったのだ。

ギデオンが帰る時間になると、トビーは外まで送っていった。ギデオンはチャイルドシートにベンソンをしっかりと乗せ、その間にトビーがベビーカーをたたむ。

二人は運転席側のドアで合流した。

「来てくれてありがとうございます」と、トビーは礼を言った。

「招待してくれてありがとう。心から楽しい一日だった。おかしなことを言うと思うかもしれないが――」

トビーはその手を取り、家族から見えていないよう念じたが、絶対にのぞいているはずだ。

「わかってますよ」

「もっといられたらなと思うよ」と、ギデオンが呟く。

「大歓迎しますよ」

ギデオンが顔をしかめた。

「ベンソンを家に連れ帰らないとな。今日はお祭りだったし、寝る時のルーティンを崩したがらないからね。今日一日で、この子がジェリービーンズと呼ばれたり、マシュマロ、シュガープラム、手羽元ちゃん——これは謎だが——とか呼ばれているのも聞いたよ」

「チッキーナッギーのほうが謎としては上ですね」

ギデオンはふっと笑った。「たしかにな。どうもきみの家族は食べ物の名前で呼ぶのが好きらしい」

「好物に限りますけどね。アッチューゲ・アル・ヴェルデ〔※アンチョビとパセリのソース〕とは呼ばれませんよ」

トビーを見つめるギデオンは笑顔で、その目には無言の言葉が満ちていた。

「今すぐあなたにキスしたい」

と、トビーは告げた。

「でもしないのは、母がベネチアンブラインドの向こうからのぞいてるからです」一歩下がる。

「明日の夜、また。残り物を持って帰りますよ。間違いない。炊き出しみたいな量だから」

「楽しみにしているよ」ギデオンが呟いた。「日曜の夜の予定を忘れてはいない」

彼がしているのは料理の話ではない。二人ともよくわかっていた。

（そうだ、それだ）

トビーも覚えている。ギデオンの尻に、この間ギデオンが彼の尻にしたのと同じことをするのだ――。

「ええ、どんと来いです」

ギデオンが笑って、車に乗りこんだ。車が走り去るまで見送ってから、トビーが中へ戻ると、やはり思ったとおり母はそこですべてを見ていたのだった。

「あれはとても優しい子だねえ」

ジョシュがトビーをこづいて、

「すっかりメロメロじゃねえか、こいつめ。トム・セレックのイカした口ひげに夢中なんだろ、バレバレだ。その間抜け面」

トビーは兄をドンとこづき返した。「うるさい」とはねつける。

母が二人にしかめつらを向けた。

「ジョシュ、いい子におし。弟にかまうんじゃないよ」

ジョシュはあきれた顔になり、トビーは勝ち誇って舌をべえっと出してやった。子供の頃そ

れている。

のままに。

その週末、母はギデオンについてはもう一言も言わず、ただことあるごとにポンポンとトビーをなでてきた。励ますような手つきで、トビーが大きな決断を迫られているのだと、見抜かれている。

もちろん、トビーはそんな問題など存在しないふりをしていた。

日曜の六時になると、トビーは残り物でいっぱいの袋を下げてギデオンの家に帰宅した。テーブルにそれを置くと、廊下でギデオンと行き合う。

「おっと、帰ってきたのが聞こえなかった——」

トビーはギデオンの顔を両手ではさんで熱っぽいキスをした。ギデオンは一瞬茫然と立ち尽くしていたが、すぐに受け入れて、微笑みながらキスを返してくる。

「これは何のキスだ?」

「昨日したかった分です。今日ずっとこの時を待ってたんで」

ギデオンはトビーの顎に手を滑らせ、くり返しのキスを、今度はもっとやわらかに重ねた。

「おかえり」

おかえり。その一言がこんなに甘く響いたことはない。

帰ってきたのだ。

ベンソンが騒ぎ出し、あーあーと言いながらフロアマットの上で両足を蹴り上げて転がった。

「もちろん、きみもだね」と、トビーはそばに膝をついた。抱き上げて、おなかにブウッと息を吹きかける。「きみにも会いたかったよ」

ベンソンはきゃあきゃあ笑ってトビーの顔をつかもうとしたが、トビーは不吉なニオイを嗅いだ。

「おやおや、このうんちっちパンツくんはオムツを替えないとだね？」

「ちょうどお風呂の支度をしてたんだ」とギデオン。「服を脱がせに戻ってきたんだよ」

「やりますよ」

トビーはベンソンをブランケットに寝かせた。

「さて、このクサクサ豆くんをきれいにしますかね」

まさに帰ってきた、という気分だった。

トビーはギデオンをベッドにつれていくと思うと緊張していた。今夜はトビーがトップだと約束していたし、だからプレッシャーがある。ギデオンにちゃんと応えたい。すごくいい気持ちにさせて、覚めないくらいにしたい。

こんなふうに愛されるべき人だと、これまでの分も埋め合わせて教えてあげたいのだ。

だから二人でベッドに転がりこむと、トビーはギデオンの全身に隅々までじっくり手間をかけて甘い時間を与えた。揉み、愛撫し、キスをする。ギデオンをとことんまで追い詰めて宙ぶらりんに焦らしたので、かわいそうにしまいには切れ切れに呟いては懇願するだけの有り様になってしまった。

激しくするつもり満々だったのだ。一、二日後もまだトビーを感じて、思い出すくらいに。身動きするたびに彼とのセックスがよぎるようにしたいと。

だがついにギデオンの中へ沈みこむ時になると、激しさや荒々しさはどこか違う気がした。

そこで、ゆっくりと奪うことにした。顔を合わせ、ギデオンの膝を深く折り曲げてその背を抱き、目をのぞきこみながら貫いていく。

かすかな痛みは快楽に融ける。瞳がとろけ、口が開き、首筋の線が張り詰める。

そしてギデオンはトビーをそれはきつく、両腕で抱きしめていた。二人のキスはゆるやかで愛しげで、舌を絡ませながら、トビーはゆっくりと、揺るぎなく、ギデオンを抱く。

愛を交わしているのだ。

トビーは目をとじて、ギデオンに心をさらけ出さないようにした。たとえ自分の指先に、深く貫いて揺らす腰つきに、それがにじんでいても。

だがギデオンがトビーの顔を両手で包み、二人の視線を合わせた。

「俺を見てくれ」

隠れ場所などない。ギデオンからは丸見えだ。

もしかしたらトビーの心にも大それた期待があったのかもしれない、見つめ返したギデオンの瞳に同じ感情が見つけられるかもしれないと。

言ってしまいたい言葉が、感じている思いが、もうそこまでこぼれかかっている。

馬鹿なことを言う前に、トビーは唇をぶつけてキスをした。歯と舌が当たり、貫くリズムに合わせて舌を入れ、ギデオンの呻きを吸い取る。

その呻きはかぼそい声に変わり、懇願になり、トビーが二人の間に手を滑りこませてギデオンのペニスを握りこむと、ギデオンは首をのけぞらせ、背をそらせて達した。

これほど美しい光景をトビーは見たことがなかった。

ギデオンのペニスから二人の間へ熱がほとばしり、その尻がトビーの屹立を締め上げてオーガズムを搾り取りにくる。トビーは荒々しく一度、二度と突きこむと、限界から転げ落ちた。

二人は互いの腕の中に崩れた。満ち足りて、汗みどろで。微笑みながら。

あれだけ自分の本心を隠そうと努力してきたのに、まさに今夜、トビーは完全に一線を踏み越えた。もう隠せない。ギデオンに伝わっていないなどありえなかった。

まるで心を読んだかのように、ギデオンがトビーの頬を手で包み、そっと、眠たげにキスをした。何も言わなかった。その必要もなかった。

ギデオンはもう知っている。

15

ギデオンは天にも昇る心地だった。

月曜には夢の中にいるような足取りで出勤した。火曜も、水曜も。

最高に甘美なオーガズムのおかげだけではなく――いや素晴らしかったが――それ以上のものがあった。

彼とトビーは、心でつながっている。

二人の相性は最高だ。彼らはいいカップルで……。

カップルなどではないという事実を除けば。

「聞いちゃいなさいって」

ローレンがそう言って、コーヒーに口をつけた。二人は近況報告代わりの三時のコーヒーブレイクの最中で、ギデオンはベンソンが昼のFaceTime中に『ダダダダダッド』のような音を出したことを報告したところだった。彼とトビーは歓声を上げたものだ。

「え？」

ギデオンはわかっていないふりをした。

ローレンが溜息をついてカップを下ろす。

「トビーに聞くの」と言う。「どうしたいのか、あなたとの関係にどんな未来を描いているのか、聞く。明らかに彼も気持ちは同じだけど、どちらかがハンドルを握って同じ方向を目指さないと脱輪するよ」

「今、車の運転に例えたか？」

「悪い？」

「感心していいのか陳腐だとあきれていいのか迷うよ」

「ギデオン」

今回、溜息をついたのはギデオンだった。

「わかった。俺は……何か、話してみるよ」それから顔をしかめた。「どうしよう。どうやればいいのかわからない。何を言えばいいんだ。彼から否定されたり笑いとばされたら？」

ローレンの眉が片方上がる。

「本気でそんなことすると思ってる？」

「いいや」

もちろんありえないが……。

「だが状況の変化を互いに認めたら、本当に状況は変わってしまうだろう。何かは変わらないとならない。もし、俺と一緒になるために、彼がベンソンのベビーシッターを辞めなくてはならなかったら？　そうしたらどうなるんだ。そんな、ローレン、俺は何一つ変えたくないんだ。今のままで完璧なんだよ」

「本当にそう？」

「えー、ああ……」

「でも二人でちゃんと話し合ってないし、あなたは立場上は彼の雇用主だよね」

ギデオンは唸った。

「誠実さは必ず報われるものよ。順調な船出のために。それに、もし氷山にぶつかったとしたって、このほうが心構えはできるでしょ」

「今度はタイタニックか？　俺たちは車に乗ってたんじゃないのか？」

彼女は肩をすくめてコーヒーを飲んだ。「私の言いたいことはわかってるよね？」

たしかに、わかる。今でもやはりまるで気乗りはしないが、理解はしている。

「明日は半休なんだ」と、ギデオンは言った。「ベンソンのクリニックの予約が午後にあるから。定期の体重測定とかその手のやつだ。すんだら、公園かどこかに行って話ができると思う」

溜息をついて、

「ただ、いらない波風を立てようとしてるような不吉な気分なんだよ。わかるだろう？　せっかく今、幸せなのに」

「あっちに言いなよ。どういう気持ちなのか、包み隠さず全部伝えるの」

「向こうが聞きたいかどうか」ギデオンは呟いた。「彼に引かれたくない」

「引くはずないって。驚きの展開が待っているかもよ」

ギデオンはふうっと息を吐き出した。

「もう旅行の予定は立てたのか？　きみたちが心からうらやましくなんかない、と断言するよ。俺の旅行予定といえばスーパーにオムツを買いにいくとか、庭を長々と歩き回ってベンソンに木の葉っぱを見せるとかしかないけどな」

ローレンが笑った。

「あの子が大きくなったら旅もいっぱいできるでしょ。ビーチへの旅や、自転車や木から落ちたあの子を病院へ担ぎこむ特急旅行とか」

「そりゃ楽しみだ」とギデオンは鼻を鳴らした。

「どういたしまして」と彼女が互いのカップを合わせた。

その夜も更けて、ベンソンが寝付くと、ギデオンとトビーはカウチでくつろいだ。紅茶は抜きだ。かわりにのびたギデオンの上にトビーが半ば重なり合って、ギデオンから抱きこまれていた。トビーに腕を回し、テレビも付いていたが、ギデオンの心はローレンからの忠告でいっぱいだった。

「ギド？」

トビーはもたれかかって、ギデオンの顔を見上げた。

「ん？　悪い、少し上の空だったな」

「紅茶を淹れようかって聞いたんです」

ギデオンは腕に力をこめた。

「いい。このままで満足だ」

にこっとしたトビーがギデオンの胸元にまた頭を預けた。

「ぼくも」

また沈黙が落ち、ギデオンはトビーの髪に指を通した。今、言うべきだろうか？　明日まで先延ばしせず、今話をしようか。

(何か言うんだ、ギデオン。根性を見せて、彼に告白しろ)

だがギデオンが勇気を絞り出す前に、トビーが口を開いた。ギデオンの胸に頭を預けたまま、テレビを見ながら言う。

「今夜は何もせずくっついているだけでもかまいませんか？」

ギデオンは彼に回した腕に力をこめた。

「まったくかまわないよ」

言え、ギデオン。

「トビー、あのな――」

「ベッドで」

同時にトビーがそう重ねて、立ち上がっていた。

「くたくたでもう寝ちゃいそうです」片手をさし出す。「ほら、ベッドに行きましょう」

ううむ。

「わかった」

ギデオンがパジャマに着替えて歯を磨いた時には、トビーはもうベッドにいた。真ん中で丸くなっている。上掛けをめくってくれた。

「抱っこ係が足りてませんよ。早く」

ギデオンは鼻を鳴らしたが、言われたとおりに従った。定位置に落ちつくとトビーがさっさと身をすり寄せてくる。

きっと本音をたださらけ出すべきなのだろうとも思ったが、結局ギデオンは、トビーのこめかみにキスをして、さらに少し抱き寄せた。


ベンソンの健診は順調だった。成長の目安をすべてクリアし、大きく健やかに育っている。平均に照らしてもきわめてすくすく成長中、ということらしい。

「幸せな子ですねえ」と、クリニックの看護師が言った。「こんなにかわいがってくれるパパが二人もいて」

「あ」ギデオンはたじろいだ。「えー」

「幸せなのは間違いないですね」トビーがさっと口をはさむ。「ただ、ぼくはパパじゃないんです。ナニーなんですよ。こちらのギデオンがパパです」

看護師は顔色を失った。

「ああそれはごめんなさい。すっかり思いこんでしまって、そんなことしちゃ駄目でしたね、すみません」

「謝らないでください」トビーが答える。「ありがちな勘違いですから」

ギデオンとトビーは実際、かなりくっついて座っていた。さっとギデオンへ走ったトビーの視線は困ったものではなく、むしろ愉快そうだ。

その目に何かがチラッとよぎったが、ギデオンがつかむ前に消えてしまう。

そこで、ギデオンは気まずい空気をジョークで和ませようとした。

「いや、そうなんですよ。こっちのパパはゲイだし」と自分を示し、それからトビーを指す。「彼はただのナニーじゃない。スーパーナニーです。マントを車に忘れてきまして」

頭のネジが飛んだんじゃないかという顔でトビーに凝視されたし、看護師すら反応に困っていた。

（やったな、ギデオン）

　ベンソンを膝に立たせると、ギデオンは無難な話題に戻した。

「じゃあもうほかの離乳食も食べさせていいですか？　今はファレックスが大好きで、果物や野菜のピューレも食べてます。ただ、四六時中おなかを空かせてて」

「ええ、大丈夫ですよ」

　彼女はそう答えると、食べられるものの候補をずらりと教えてくれた。

　間違いなくそれを熟知しているだろうトビーは、ただにこにこと行儀よくうなずいていた。

　とりあえず、ギデオンは火にあぶられているような気分から救われた。

　診察がすむと、クリニックを出て、ギデオンはスーパーのほうへ顎をしゃくった。

「何か食べるものを買ってから、公園に行かないか」

「仕事に戻らなくて本当にいいんですか？」

「大丈夫だ。午後は丸々休みをもらってる」

　そう言って、ふとギデオンは気付いた。

「ああ、ということは、きみも午後休みにするべきだったか？　何か用があるなら俺がベンソンの面倒を見ていられるが。これがきみには仕事で、俺がいるなら働く必要がないってことを、つい忘れてしまうんだ」

　トビーは読み取りにくい表情を浮かべていた。

「ギデオン、平気ですから。公園、いいですね。たしか育児グループが集まる日のはずだし。行ってみましょう」

その口調はやけに固く、彼らしくなかった。ギデオンには自分が何をしでかしたのかわからない。

何かがおかしい。

昨日、家に帰ってから。家族の集まりから。もしかして何か……。

本当に、きちんと話し合わなくては。

トビーがピタッと足を止めたので、周囲をすぎる人々がよけていった。

「話をしませんか?」と、トビーが言う。「こんなの、ぼくたちらしくない」

だがそこで、ベンソンがむずかってイモムシのオモチャを投げ捨て、叫びはじめた。

ギデオンの世界が狭まっていく。一度に多くのことが起きすぎて、音が耳に騒がしく、人が多すぎた。

「あー、もちろん」

言いながらベビーカーからベンソンを抱き上げる。おしゃぶりをくわえさせようとしたが、ベンソンは空腹で疲れていて、この二つがそろうとどうにもならないのだ。

「ギデオン?」

聞き覚えのある声がした。

いや、まさか、やめてくれ。

ギデオンの腹に恐怖がへばりつき、振り向くと、そこにドリューが立っていた。

最悪だ。


自意識過剰を人の形にしたなら、ギデオンの元カレになるだろう。

トビーは、ギデオンが一言も発さないうちからそれが誰かわかっていたし、案の定まさしく最悪のタイミングだった。

ベンソンは泣いていて、ギデオンは神経をすり減らしており、トビーは自分の不機嫌が事態にいい影響を与えていないのはわかっていた。ギデオンに正直に言わねば。真っ向から話すべきだったのに、ビビってしまって何も言えず、ろくでもない態度ばかり取って。

するとそこに、この自惚れクソ野郎氏が気取ったコートと靴を身につけ、整えすぎた眉毛で現れやがったのだ。そこに立って、ベンソンを邪魔なもののように眺めるなんて、どんな神経をしているのか。

無理だろう、こんなの。

「この子はぼくが」

トビーはそう言って、ベンソンとベビーカーを受け取った。

「場所を見つけて、何か食べさせますよ」

それからたっぷり時間を取って、このキザ男を上から下まで、悪臭の元であるかのように眺め回してから、トビーはフードコートを目指して歩き去った。

あんな野郎も、こんなゴタゴタも、知ったことか。

テーブルを見つけるとベンソンの哺乳瓶の支度をして、抱きかかえてミルクを飲ませた。きらきらした青い目、むっちりしたほっぺた。ミルクを飲みながら、にこにことトビーを見上げてくる。

ああもう、ギデオンの元カレがあんな、見下した目つきでベンソンを見ていたのが許しがたい。いやそんなもんじゃない。あれは毛嫌いする目だった。

ギデオンとの仲に亀裂を入れた元凶として。

いや、やっぱり知るか、そんなこと。

あいつの表情より、問題はギデオンの表情だ。

もしあのエセ日焼け野郎が復縁したいと言ったなら、ギデオンはどんな返事をするのだろうと、どうしても考えてしまう。もう吹っ切れたとは言っていたけれど。憎んでいると、許さないとも言っていたけれど。

でもギデオンのあの表情を見ると……トビーには確信が持てないのだ。

それが苦しくて仕方ない。

心がキリキリして、自分のバカさ加減にあきれ果てた。どうして雇い主に恋をしたりしたんだ？　長年の恋人と別れたばかりの、過去持ちの男にどうして夢中になったりした？

自分がバカで救いようがない気がするけれど、トビーは涙を拒否した。

ベンソンが彼の最優先だ。これまでも、そうでなきゃならなかった。この仕事を諦めたくない。ベンソンにめろめろだし、この子の世話をするのが大好きなのに。

そしてトビーは、ずっしりと沈む心で、どのみち選択肢はないかもしれないと気付いた。

ギデオンが正気に戻って、二人の性的合意に終止符を打つかもしれない。

どっちも手に入るかもなんて、バカな夢を見たものだ。最悪でもどんなことになるって言うんだ、なんて開き直っていた間抜けな自分……。

(これだよ。バーカ。これが最悪ってやつだ)

ベンソンは哺乳瓶を空にしてひとまず満足していたが、満腹には遠い。トビーはベビーバッグを開けてかき回したが、ライスシリアルの容器が見つからなかった。

カウンターに置いた記憶はあるから……ああしまった！　忘れてきたんだ。動揺をこらえようと深呼吸している時に、携帯電話が鳴った。

ギデオンからだ。

『今どこに？』と、聞かれる。

「フードコートの、ジューススタンドのそば」

『わかった。すぐ行く』

トビーがベンソンを膝に乗せ、ギデオンが来そうな方角を見ていると、やはりすぐにギデオンが現れた。急いでいるというか、少し狼狽してるようにすら見えた。混雑を見回し、二人を見つけてあからさまにほっとしている。

トビーが座っているところからでもその溜息が聞こえるようだった。

「よかった、心配したよ」歩み寄ったギデオンが言う。「大丈夫か？　それともベンソンに何か？」身をかがめ、ベンソンの手を取った。「泣きやんだな」

「ミルクを飲ませたので。でもあまり大した量じゃないから、じきにまたほしがって機嫌が悪くなります。シリアルを忘れてきたんです。水筒に水を入れた時、カウンターに置き忘れたんだと思う」

まさしく合図のように、ベンソンが足をバタバタさせると、不満を訴える時の文句混じりのわめき声を上げた。

「お願いします」トビーは立って、ベンソンをギデオンに渡した。「何かこの子が食べられるものを買ってくるので」

フードコートの向こう側にスーパーマーケットがあるからと、トビーはさっさとそちらへ向かった。ギデオンに口をはさむ隙も与えない。元カレとの話がはずんだとか優しかったとか、そんな話は聞きたくもなかった。

比べて、自分の態度は何なんだ、と思う。

ああもうどうしてこう甘ったれのガキみたいな態度しか取れないんだろう。理由はわかっているのにどうにもならない。

胸が苦しいのだ。

ギデオンと、本当にきちんと話をしなければ。

ベビーフードの棚へ向かったトビーは、既製品だよりの状況を招いた自分に憤っていた。しかも、スプーンも買わないと。固いプラスチックのやつなんか使えない。ベンソンの歯茎にあれはまだ早い。その上何だって、どのベビーフードにもやたらとバナナが入っているんだ?

背後からそっと声がした。

「ほら、ここにいたよ」

ギデオンだ。

「様子がおかしかったから」

と、ギデオンが話し出す。片手にベンソンを抱き、もう片手でベビーカーを押していた。

トビーの表情を見て笑顔が消える。

「どれもバナナが入ってるんですよ」

トビーはそう言って、泣かないようにしたが、目が涙で熱かった。

「オエッてなるんです。大体、牛肉とレンズ豆と洋梨のミックスとか、何考えてるんだろう?

思いついた人に実際に食べてもらいたい。室温に戻したやつを。ありえない」

　勝手に落ちる涙を拭った。

「それにカスタードは砂糖が多すぎるし。この子には二本しか歯がないのに。もっと生えてくる前にもう虫歯で駄目にする気かな？」

　また涙がつたう。

「ファレックスを家に忘れてきてごめんなさい」

　ギデオンはベビーカーから手を離すとトビーを腕の中に引き寄せ、ベンソンとまとめて、あやすようにゆすった。ああ、とてもしっくりなじむ。ギデオンの腕が体に回され、ベンソンの顔が首に押し付けられて。

「ほら」ギデオンが囁いた。「何が原因なのか教えてくれないか？」

「あなたのアホな元カレと、あの間抜けな眉毛と偽物の靴のせいですよ」

　つるつるっと、そう吐き出していた。そんなことを言うつもりはなかったのだが、脳が最初にそれを出してきたので、どうやらどうしても言いたかったようだ。

「ぼくはほかの誰のところでも働きたくない。あなたとベンソンのところにいたいし、あなたとも一緒になりたい。公私は分けられると思っていたのに、全然駄目だったみたいで、もうぼくはめちゃくちゃです。しかもあの野郎がベンソンに向けた目つき……」

　トビーは言葉を切って赤ん坊の額に涙混じりのキスをしてから、ギデオンと目を合わせた。

「あいつはこの子に近づく資格すらないし、本当はそんな悪いやつじゃないんだとかあなたが言う気なら、ぼくはキレますよ、ギデオン。うちの家族はあなたが大好きで――」

ギデオンは微笑んで、トビーの頰を拭った。

「ドリューには、きみは俺の恋人だと言ったよ。きみはベンソンを心からかわいがっているしベンソンもすっかりなついてて、だからドリューのすべてをひっくるめても、俺にとってはきみのほうがはるかに大事だと」

恋人？

「言ったんですか？　どうして？」

ギデオンがうなずく。

「そうすれば、俺に何を言おうが、してこようが、もう無意味だって伝わるだろう。俺にはもう届かない。もう吹っ切れていると、わかるはずだ。実際そうだし。たしかに傷ついたが。だがあいつは俺の息子について口さがないことを言ったし、あれは一生許さない。あいつがベンソンを見るのすら許せないときみが思っているのなら、やっぱり俺の見立ては正しいな。俺はまたあいつを選ぶくらいなら、百回でもきみを選ぶよ」

トビーは悲しげな笑みを向けた。

「たった百回？」

「百万回でも」

ギデオンは微笑み、トビーの頬に手を当てて、また引き寄せてハグをした。

「ちゃんと話し合わないとな。ただ、スーパーのベビーフード売り場はそれに向いた場所じゃないかもしれない」

トビーは棚へ向かってぶんと手を振った。

「ひどいのばっかりなんですよ」

ベンソンがトビーへ両手をのばし、抱っこしてもらいたがると、ギデオンがうれしそうに彼を渡した。

「ほらな。ベンソンもきみがいいそうだ」

するとベンソンはトビーの腕から身をのり出して、棚へ近づこうとする。

「残念、食べ物に負けました」

ギデオンが笑った。棚を探して、オーガニックのリンゴと梨と粥のミックスを取った。

「これでいいだろう」そこでほかの瓶やパウチに目をやる。「うわ、これ全部六ヵ月向けか？この子も食べられる？」

トビーはフックからベビー用のスプーンを取った。

「いいえ。この子用のは、ぼくが家で作ります」

「生煮えのチキン以外で」と、ギデオンがニコッとする。

トビーは唖然として、ぞっとしたあまりまた涙が出そうになった。

「そんなこと絶対にしませんよ！」

ギデオンが肩に腕を回してくる。

「わかってるよ。悪かった」

「ぼくは二度とチキンは料理しません」

レジに向かいながら、トビーはそう誓った。


ギデオンがハンドルを握り、てっきり家に帰るものだと思っていたトビーは、公園で車が停まったので驚いた。

「ここで話すのもいいだろうと思って」と、ギデオンが言う。「いい天気だし」

フロントガラスごしの青い空を見上げていた。

「それにベンソンはこの公園が大好きだし、本音を言うと、俺はあらゆるいいエネルギーの助けがほしいんだ」

トビーは鼻を鳴らす。「何のために？」

「きみが、もう我が家のナニーではいられないと言い出さないように」

トビーはヘッドレストに頭を預け、ギデオンの顔をしみじみ見つめて、溜息をついた。

「ぼくは、あなたともベンソンとも離れたくない」

ギデオンがふっと口元を和らげた。

「だが、やはり話し合わないとならないんだろ」

トビーはうなずく。「うん。そうですね」

二人は車から出ると、ギデオンがシートからベンソンを降ろしている間にトビーがベビーカーの用意をした。

ベンソンは腹を空かせており、リンゴと梨のお粥にありつくと、ご機嫌になってギデオンの膝でイモムシのオモチャをかじった。

「よーし、じゃあぼくから行きますよ」

もうかかえていられなくて、トビーはさっさと切り出した。

「土曜の昼食会の後で、ママに様子がおかしいと気付かれたんです。性格の悪い兄に散々からかわれたのもまずかった。結局、ぼくは母に、たしかにあなたに特別な気持ちを持っていて、とてもいい関係にあるけれども、仕事のあれこれが問題になりそうって話したんです。母からは、しっかり考えなさいと言われて。そりゃそうするよって思ったんですが、そういうことじゃないって。ぼくは選ばないとならないんだと、そう言うんです。両方ともは無理だって。雇われながらではあなたと交際できない。それで、ぼくらが派遣会社と交わした契約書を読まされました」

ギデオンの眉が寄る。

「あれか」

「はっきり、禁止だって」

トビーは唇をひん曲げて、感情的になるまいとこらえた。

「それで、ぼくは悩みに悩んで、気持ちを整理しようとしてたんです。プロなんだから、けじめはちゃんとつけて情に流されずにいられるだろうって」

首を振る。

ギデオンがトビーに手を重ね、握りしめた。

「ぼくは両方ともほしいんです。ベンソンのナニーでいたいし」と言って、トビーはご機嫌の小さなベンソンを見て微笑んだ。「毎日この子に会えないなんて想像もできない。かわいくて仕方ないし、これまでお世話したどの子とも違うつながりを感じるんです。どうしてなのか、どういうことなのかわからないけれど。ベンソンに会えなくなったらぼくは絶望しますよ」

そこでギデオンを見た。

「そしてあなたにもだ。あなたのことも離したくない。今、あの家にあるものがいいんです。カウチで二人でくっついて、一つのベッドで眠りたい。あなたには、ぼくの家族から散々な目に遭わされてもらいたいし、うちのママから甘やかされてほしい。今以上のものもほしいんだ。あなたに恋してるって、ちゃんと言えるようになりたい。あなたたち二人にね。二人はセットだし、ぼくは二人とも愛してるから」

一粒だけの涙が頬を転がり落ちて、トビーはそれをぐいと拭った。

「でも、どうやったらそれができるのかわかんないんだ。解決策が見つからない」

ギデオンがその手を取った。

「ああトビー。俺も同じ気持ちだよ。もう誰にも恋はしないと決めていたのに。誰にもベンソンをまかせられないだろうと、俺のようにこの子を見守ってくれる人がいるわけはないから、もう永遠にこの子と二人で生きていくつもりだった。この子が最優先で、俺はその次だから。親だからそういうものだと思ったが、ドリューはそれに我慢できなかった。でも、そこにきみがやってきた。最強のきみが」

トビーの額からほつれ毛を払った。

「俺より、きみ自身より、ベンソンを最優先にしてくれるきみが。きみは俺が必要としていたすべてだ。いつも笑わせてくれて、思いやってくれて。気配りがあって。愛らしくて、ヤクシーで。きみが手綱を握って、俺の人生を立て直してくれた」

その言葉にトビーは微笑んだ。

「だって、ぼくは仕切り屋だから」

ギデオンもクスッと笑って、トビーの頬を親指でなでた。

「きみは俺に必要なすべてなんだ。俺を幸せにしてくれる。誰もかなわないくらいに。ローレンやジルだって、きみが来てすぐに、これは大変なことになると俺に言っていた。だから、その頃からもうわかってたんだ」

　首を振り、

「トビー、きみが居間に入ってきてベンソンをチキンナゲットと呼んだあの時もう俺は、きみに恋してたんだ」

　トビーは涙目で笑い声を立てた。自分の胸に手を当てる。

「あなたがベンソンに歌う『月までひとっとび』を、毎晩歌っているあの自作の子守歌を聞いた時……ただ、ここに、すとんと入ってきたんです」

　ギデオンはトビーの手を取った。

「俺にも解決法はわからない。どうやればいいのかわからないが、きみを失いたくはないんだ。俺の人生はきみに救われた。本当だよ。きみが来る前の俺は溺れていた。きみがいなかったら職も家もなくしていただろう」

「あなたなら何とかしましたよ」

　ギデオンが首を振る。

「いや、きみなしでは無理だ。きみは俺の人生に、俺たちの人生に、運命的なタイミングでやってきた。俺はそう信じている。まだ解決しないとならない問題はあるし、その答えは俺も持っていないが、もしきみが俺たちのそばにいたいと言ってくれるなら、一緒に方法を探そう」

　トビーはうなずいた。

「そばにいたいんです」

ギデオンが身をのり出して、互いの唇をかすめさせた。「俺もそうしてほしい」

じっとトビーの目をのぞきこむ。

「きみを愛しているんだ。大好きなんだよ。きみが軽々と物事をこなしていく姿が大好きだ。きみの笑い声が好きだ。俺を見つめるまなざしが好きだ。きみがベンソンにしてくれるすべてが好きだ。俺が見ているとは知らない時の、ベンソンといるきみの姿が好きなんだ」

トビーは落ちそうな涙をまばたきでどうにか払った。今回は喜びの涙だ。

「ぼくも愛してる。あなたたち、二人ともを」

手のひらでトビーの顎をすくい上げ、ギデオンがやわらかにキスをした。

「なら、一緒に解決策を探そう。力を合わせて。契約をよく読んで、問題の約款を確かめよう。契約は役に立つと思う。きみのような雇用者側の立場を守るし、俺たちの合意の、仕事の側面を守ってくれる。ただ、自分がただのナニーだなんて、きみには思ってほしくない。クリニックできみがそう言った時、胸に来たよ。きみは単なるナニーじゃない、それ以上だ」

「スーパーナニーですもんね」と、トビーは微笑を浮かべる。

「そのとおり」

溜息をついて、トビーは二人の指を絡めた。

「ぼくはただ、このままベンソンのナニーを続けたい。でも、ナニーとしてだけじゃなくて。

理屈になってるかわかりませんが。何も変えたくないけど、あなたと一緒にいるには変えなきゃいけなくて、でも、どうすればいいのか」

自分の唇に、ギデオンの手のひらを当てた。

「一緒にいたいだけなのに、なんでこんなにややこしいのか、うんざりする。ママはどちらか選ばないとって言ったけど、そんなことないはずなんだ。全部勝ち取る道を見つければいいだけで」

「ヘイヘイヘイ」女の声が割りこんできた。「私、お邪魔虫じゃないよね?」

振り向いたトビーは、二人乗りベビーカーを押しながらやってくるアニカを見た。満面の笑顔で、お邪魔虫になる気満々だ。

「ええと」と、ギデオンが顔を赤くしてベンソンへ目をやった。「邪魔なんかでは、全然」

「邪魔だけど」と、トビー。「でも座って。もうそんな時間なのに気がつかなかったよ」

「そうよ、そろそろ二時だよ。私はちょっと早めに来たけどね。こっちの天使ちゃんの相手で気が狂いそうになったから、外に出なきゃと思って」

ブランケットを広げ、アニカは溜息まじりに座った。二人をじろじろ眺める。

「で? どうやら面白いことになってるの?」

ギデオンは気まずそうだが、トビーはもうアニカに慣れている。

「そんなところ」と、トビーは答えた。「今、会社との契約について話してたところなんだよ。

ほら、そういう楽しい展開になろうにもルール的に行き詰まってて」

アニカが鼻で笑った。

「なら書き直せば」

トビーはきょとんと彼女を見た。「えっ？」

「それ、あんたたち二人の間の契約なんでしょ？」

ギデオンがうなずく。「そうだ」

「なら修正しなさいよ」

「でも派遣会社の規約だし――」

「だったらその会社を辞めればいいじゃない」

彼女はいともあっさりそう言った。

「契約はトビーを守ってもいるんだ」と、ギデオンが説明する。「彼のセーフティネットを奪うようなことはしたくない。我々の関係が変わった時とか、何かの時のために保証がないと。たとえば、ベンソンが幼稚園に入って、トビーがほかの家のために働こうと決めたらどうなるとか。そんなことにはならないと言うのは簡単だが、契約というのはそういう場合に我々を守るためにあるのでは？」

「そうだよ」アニカが答えた。「でも、ややこしく考えなくてもいいことよ。新しい契約書を作りなさいって。もし会社に拒否られたら、辞めて、個人で契約書を作ればいいの」

そこでアニカは目を見開いた。

「やだ、そしたらトビーは家で託児サービスを始められて、一月半後に私が仕事を復帰する時、うちの子二人を最初のお預かりとして引き受けてもらえるじゃないのよ」

パンパンと手を叩くと、得意げな顔になった。

「ほら、ね？　かーんたん」

トビーは笑ったが、それから考えこみ、じっと思いふけった。

じつのところ、そう悪い案ではない。

ギデオンを見る。ギデオンは片方の肩を揺らして聞いた。

「できそうなのか？」

「んー」トビーの脳内は忙しい。「どこから手をつければいいのか、何とも。それにあなたの家でやってもいいことかな？　だって、ほら、いっぱいですよ。幼児が二人と赤ん坊一人って」

両手で顔を隠す。圧倒されつつも、わくわくする気持ちがこみ上げてきた。

「ぼくがやってもいいのかな？」

肩の重荷が消えたかのように、ギデオンがおだやかな表情で微笑んだ。「きみにかかれば、何だってできるさ」

エピローグ

トビーは呻きながら、最後の買い物袋をキッチンカウンターに置いた。

「あのさあ、キッズパークでやったほうがずっと楽だったって。料理の準備も片付けもいらないし」

ギデオンが笑いながら片付けを手伝った。

「だがそれじゃ面白くないだろう？」

「面白い？」

どうかしたんじゃないかという目を、トビーはギデオンにくれてやる。

ベンソンがハイハイしながらキッチンへ入ってくると、トビーの足毛をぎゅっとつかんで立ち上がった。

「いててッ」

トビーはベンソンを抱き上げ、何をしているところなのか見せてやる。「お誕生日の主役はちゃんと朝寝はしたかな？」

「しているわけがないとも」とギデオン。

ベンソンはハイハイを始めたくらいの時期に、朝寝はいらないと決めたようだった。たくさん見たいものがあって、そのためには二度寝などにかまけている場合ではないのだ。もっとも昼食の後にはやはりバッテリーの充電が必要で、トビーはそれに救われていた。

託児所を始めてから、手一杯もいいところなのだ。

アニカの期待と裏腹に一月半以上を要したものの、すべての許可を取り、手続きも終え、家の審査も済んで、トビーは正式に家での託児サービス事業を始めたのだった。

完璧な解決策だった。トビーは一日中家でベンソンの世話をしていられるし、経済的にもお互い自立できる。トビーの収入も増えた。ギデオンの支払いは減り（つまるところトビーはギデオンの家で事業をしているのだし）、そしてトビーは二人の関係がより対等になったと感じられた。

月曜から木曜までは、アニカが八時十五分に二人の子供を送ってきて、午後四時に迎えにくる。金曜には、トビーはバイオレットという赤ん坊を預かった。バイオレットの両親は緊急で一日だけの預け先を探していたのだが、そのまま週一日の預かりにつながった。トビーは歓迎だった。バイオレットは機嫌もよくかわいらしい赤ん坊だし、ベンソンが社会性を学んで誰かと分け合うことを覚えるのにもぴったりの機会だった。

夜はトビーとギデオンの自由な時間で、カウチで身を寄せ合ったりその日のことを話したりと、前のままずごした。本当のカップルのように。

すべての歯車が、ただうまく嚙み合った。

大変なこともあるが、二人はどうしようもなく幸せだった。

ベンソンがイチゴめがけて身投げしようとしたので、トビーは一粒与えてやって「タ」と言われたが、そのベンソンは次にケーキを目にするや潰れたイチゴを放り捨てた。

「あれがなんだか、どうしてわかるんだ？」と、ギデオンが不思議がる。

「色がキレイだから、と言いたいけど、きっと砂糖の匂いを嗅ぎつけてる」と、トビーはジョークで返した。

「ダ、ダ、ダ、ダ、ダ」

ベンソンがそう言いながらギデオンのほうへ身をのり出す。ケーキのほうへ。

なかなかお利口なのだ。

「じゃあパーティーの客が来る前に、お誕生日の主役をお誕生日服に着替えさせようか」とギデオンが言った。

トビーはうなずいた。小さなかわいい手でかたっぱしから口に何でもつっこむフードモンスターがいないほうがずっと準備もはかどるだろう。

まあ大体の準備は済んでいる。ただ子供用にいくらか果物を切っておきたい。そう、あとケーキも……。

「コンコンコン」と、声がした。ローレンとジルが来たのだ。

「入って」トビーは声をかけた。「キッチンにいるから」

続いてトビーの両親と兄が到着した。カーラはほとんど自分より大きいくらいのプレゼントの包みをかかえている。

「お誕生日の主役ちゃんはどこ?」と聞いてくる。

本当にありがたいことにトビーの両親は、とりわけ母は、ギデオンをとても温かく迎え入れてくれた。彼女はよく、自分にできる孫はきっとベンソンだけだろうと言っていて、だからもう甘やかすどころの騒ぎではない。

「ママ、何も持って来なくていいって言ったよね」とトビーは言う。

「バカ言うんじゃないよ」とたしなめられた。「この子に何もあげないわけがある?」

「プラスチックのミニ三輪車だよ」ジョシュが言った。「あっという間に廊下を爆走するようになるぞ」

「バラすんじゃないの」とカーラ。

「俺が何言ったかベンソンにわかるわけないだろ」とジョシュが言いながら、天井へきょろっと視線をとばした。

「あらまあ、そこにいたの!」

カーラが自分の顔に手を当てながら声を上げた。

BENSON
HAPPY BIRTHDAY

ギデオンがベンソンの両手をつかみ、支えて歩かせながら出てきた。ベンソンの新しい服はダンガリーで、おなかのあたりにいる宇宙飛行士が、カラフルな惑星たちからのびた糸をバルーンのように片手で握っている。ベンソンは小さな赤い靴を履き、ニカッと笑っているので六本の歯が全部見えた。

「おばあちゃんのところへおいで」と、カーラがベンソンを抱き上げた。

トビーの父親が溜息交じりに呟く。「今日、もうあの子に会いたい人がいないよう願うよ」

ギデオンが笑って、軽い挨拶を交わしているうちに、アニカと夫のショーンが子供たちのアーニャ、ライリー、マレクと連れ立って到着した。ライリーはじき三歳で、来年は週に二回幼稚園へ通うことになっている。マレクのほうはベンソンよりほんの数ヵ月上で、二人はちっちゃい親友同士だった。

それからバイオレットが父親と到着し、いざパーティー開始だ。

テーブルと椅子を並べた奥の庭は最高で、天気はほどよく暑すぎず、パーティー用の料理はすっかり跡形もなくなった。ベンソンが散らかしながら手で次々と食べたケーキも含めて。

一歳の誕生日は、まさにかくあるべし。

写真もあれこれ撮った。トビーの母が家族写真を撮ろうと言い出す。

「クラブの友達に見せびらかしたいんだもの、ベンソンとパパ二人がそろったやつをね」

パパ二人。

トビーは、自分をベンソンの父親だと見なしたことはない。ベンソンには「ダッダ」が、つまりギデオンがいる。そして「トト」、つまりトビーがいる。それで十分だった。

「すみません」

トビーは木陰で写真用に並びながら、そう囁いた。

「ト、ト、ト、ト」とベンソンが言ってギデオンの腕からのり出し、トビーに抱っこをせがむ。

ベンソンはトビーを「トト」と呼ぶようになったのだが、初めてそれを聞いた時、トビーは泣いてしまいそうになった。

ベンソンを抱きかかえると、トビーはカメラのほうを指さした。

ギデオンが二人に腕を回し、撮影用に笑顔を作る。

「なんでだ？」

「パパ二人って」小声で返した。「そう言わないよう母には注意してるんだけど」

「きみもこの子のパパだろ」と、ギデオンが呟く。

「正式には違うし」

「ベンソンには関係ない」

ギデオンがトビーと視線を合わせた。

「この子はただ、いつも必ずきみがいてくれると知ってるだけだ。きみに愛されてて、きみがいれば安心だって。それこそ父親というものなんじゃないか？」

トビーはまばたきで涙をこらえた。

「ほら笑って笑って」と言いながら、母がまだ携帯電話をかまえている。

ベンソンが小さな片手をギデオンへさし出した。「ダ、ダ、ダ」と言ったが、それからトビーの首のカーブに頭をめりこませて、疲れた時のようにぴったり寄り添った。「ト、ト、ト」

トビーが涙まじりの笑みをギデオンへ向けると、ギデオンは彼のこめかみにキスをした。

「ほら、パパが二人いるって言ってるよ」とギデオンがベンソンごとトビーをぐっと抱きしめていると、カーラの携帯がピッと鳴った。

いや、正式にはパパじゃない。だが、いつかきっと。

いつそうなるかトビーにはわからないけれど、いつかそうなる。この二人がいない人生なんて想像できない。

「まさか、一歳になったなんてな」ギデオンが言った。「一年だ。人生で一番長い一年だった。一番苦しい。そして間違いなく、最高の一年だ」

くるりとトビーを向き直らせると、眠そうなベンソンの頭にキスをして、それからトビーの唇にもキスをした。

「愛してるよ」と言う。

「月までひとっとびするくらい」と、トビーは付け足した。

ギデオンがまなざしを合わせた。「きみたち二人ともを。月までひとっとびするくらい」

エピローグ2

トビーがたずねた。ギデオンは彼の後ろでベンソンの手を引いて、一行はアニカとショーンの家の玄関まで続く小道を歩いていた。

「大丈夫？」

マレクの二歳の誕生日で、ベンソンは親友のパーティーをとても楽しみにしていた。というか、ケーキを。

トビーがドアベルを鳴らすと、ショーンが出てきて中へ招いた。「ようこそ」と言う。「どんちゃんカーニバルは奥だよ」

トビーは笑い、一行は奥にあるサンルームまで笑いや子供の声をたよりに向かった。もうすぐ二歳のベンソンは、まっすぐにオモチャのミニ三輪車へ向かい、トビーはきれいに包んだプレゼントをかかげた。

「これどこに置こうか？」

スイカの皿を持ってきたアニカが扉脇のテーブルを指した。「そこの上に、適当に」

プレゼントを置くと、トビーはマレクを見つけて抱き上げ、くすぐった。

「誕生日の主役くんはここにいたな？」

マレクは笑ったが遊びに戻りたがったので、トビーはすぐ下ろしてやった。

「何か手伝おうか？」

アニカが首を振る。「ううん。でもこっち来て、紹介するよ」

トビーとギデオンは彼女についてキッチンへ向かった。アイランドキッチンではアーニャが一人の男性を手伝ってパーティーフードをこしらえている。

アーニャは紫のリボンで髪をまとめ上げて、紫のオーバーオールを着ていた。トビーは週に四日間マレクとライリーを預かっているのだが、アーニャは学校へ通っている。アニカが息子たちを迎えにくる四時についてきたりするものの、あまり話したことはない。

彼女は顔を上げてにっこりした。

「こんにちは、トビー」と言う。

「こんにちは。ギデオンを覚えているかい？」

トビーはたずねた。昼間ほとんど家にいないギデオンとは、せいぜい数回しか顔を合わせていないはずだ。

アーニャは自信がなさそうにうなずいた。「こんにちは」

アニカが彼女の頭のてっぺんにキスをする。

「トビーとギデオンよ。こっちはヘンリー・ベケット、私の親友。前に話したことあったよね」

ああ、彼がアニカの話によく出てくるゲイの親友か。

「わたしの親友だよ！」と、アーニャが抗議する。

ヘンリーが彼女の肩をぎゅっと抱いた。「本当だよねえ、お姫様」

そう、どうやらヘンリーとアーニャは固い絆で結ばれているらしいのだ。アーニャが生まれてこのかた、彼らはずっと仲良しである。ヘンリーは〝ゲイのおじさん〟としての自分の役割をとても重く受け止めているらしい。

ヘンリーは三十代後半、ぽっちゃり気味で愛嬌にあふれていた。茶色の短髪は少し灰色まじりで、くしゃくしゃの笑顔を見せている。とても楽しそうな人物だ。

「お二人とも、はじめまして」とヘンリーが挨拶した。「いつもいい噂ばっかり聞いてるよ。子供たちからも、託児所がすごく楽しいって」

「そうだとうれしいよ」と、トビーは返事をした。

「クッキーのアイシングをしてるとこなんだ。ユニコーンがいいんだよね？」と、ヘンリーがアーニャに聞く。

彼女はうなずいた。「でもマレクは車がいいんだって」

ヘンリーがひらりと手を振った。

「じゃ、車だね」

「ラメでキラキラのやつをね！」

アーニャがそう付け足して、二人でハイタッチしていた。

そこに、また男が一人、裏口からずかずか入ってきた。ライリーの足首をつかんで逆さまに吊している。ライリーはけらけら笑っていて、ぶら下げている男も笑顔だった。

「とっつかまえてきたよ」

と、報告したところでトビーとギデオンに気付き、ライリーを足から下ろしてやる。

「やあ、ライリー」と、トビーは微笑んだ。ライリーはやんちゃで、ありあまる活力がみなぎる子なのだ。

そのライリーをつかんでいた男は……む。なかなか。

長身、金髪、イケメン、見事な筋肉、歯磨き粉のＣＭみたいなまばゆい笑顔。

「どうも、俺はリード」

男はそう挨拶して、笑いつづける野生のフットボールのごとくライリーを小脇にかかえこみ、もう片手をのばしてトビーと、そしてギデオンと握手を交わした。二人の自己紹介も終わると、ライリーを立たせてやる。ライリーは全速力で駆けていき、リードは溜息をついた。

「限界だ。もう走らねえぞ」

ヘンリーに腕を回してクッキーを一枚かすめ取りつつ、ヘンリーから叱られる前にこめかみへキスを押し当てた。

「リードおじさーん！」とライリーが大声で呼んでいる。

リードは唸ると、口にクッキーをまるごと押しこみ、ライリーをつかまえに走っていった。

アニカが溜息をつく。

「永遠に終わりゃしない」

トビーも身にしみている。週に四日、何時間もライリーとすごしているのだ。

「あの子はちっちゃなロケットだよね、ホント」

するとマレクとベンソンがオモチャの三輪車の奪い合いになり、それをギデオンがなだめに向かって、アニカはまた溜息をついた。

「これが毎日の仕事なんでしょ」と、トビーに言う。「好きでやってる」

トビーは笑った。「粘土遊びしながら『ブルーイ』のアニメを流すのはそう悪いすごし方じゃないよ」

アニカがうんざり顔になる。

「喧嘩と癇癪と騒音まみれ、三人の子供は四方八方に散り散り、トイレトレーニングに失敗とかカーペットのゲロ掃除とか、そういう日もあるでしょうが」

トビーはふふっと笑った。「好きじゃなければ仕事にはしないよ」

客がさらに現れ、祖父母たちもやってきて、ますます騒々しくなる中、トビーとギデオンは木漏れ日の庭の椅子で、子供たちを遊ばせながらほかの親と雑談を交わした。

　トビーの片側にはギデオンが、逆にはヘンリーがいる。ヘンリーはキッチンでの作業を終えていて、じつのところテーブルに広げられたのはほぼ彼の料理だ。焼きビーツとヤギチーズのタルト、レモンカードのタルトレット、ブルスケッタが並んでいる。子供向けにカラフルなチョコスプレーがいっぱいにかかったフェアリーブレッドや、小ぶりなチョコレートのカップケーキもある。やはりパーティーにはこれらが欠かせない。

「これ全部作ったの？」と、トビーはたずねた。

　ヘンリーがうなずく。「食べ物が好きなんだよ」と言う。「バレてるだろうけど」と付け加えて腹を指し、ウインクした。

「だまされるなよ」割りこんだショーンがペストリーにかぶりついた。「こいつは海沿いコース《ベイ・ラン》をリードと一緒に走ってるんだ。それも楽々だ」

「と、言うかね」ヘンリーが言い返した。「走ってるのはたしかだけど、そんなカッコよくないよ。ベイ・ランを平然と走るのはリード。ぼくは瀕死」

「一緒にトライアスロンに出ないかって誘ってるんだよな」とリードが言った。

「ランニングなら、まあアリ。正気の沙汰じゃないとは思うけど。でも水泳と自転車は絶対にごめんだね。これは本気で言うけど、絶対に――どこの誰にも、あんなぴったりパンツを穿いた自分を見せる気はないからね。ＡＢＢＡがテーマのコスプレパーティーだけは別だけど。そうしたら最高のアグネタを見せてあげよう」

「じゃあ俺はビョルンをやる」とショーン。

「ベニー」とリードが片手を上げた。

「アニカ、きみはアンニ＝フリッドだよ」ヘンリーが宣言した。「『ミュリエルの結婚』の再現だ！」

アニカが鼻で笑う。「あんたの四十歳祝いに？」

ヘンリーがハッと息を呑んだ。

「それ素晴らしいね！　すごいぞアニカ、なんて最高のアイデアだ」

アニカはやれやれという顔になった。

「ま、全員でアメリカに行ってドリーウッド〔※ドリー・パートン所有のテーマパーク〕に行こうって言われるよりましだね」

「バリー・ギブ〔※ビー・ジーズのメンバー〕がギブスパークを作ってくれてたら決まりなのに」

とヘンリーが溜息をこぼす。

リードがトビーへ顔を向けた。

「困ったことに本気なんだよ」

「楽しそうじゃない」とトビーは笑った。

「きみたち二人も来るといい」とヘンリーが前のめりになる。

「んー……」トビーはひるんだ。「あっそうだ、きみたちが『マンマ・ミーア！』ばりにノリノリの間、ぼくはビョルンとアンニ＝フリッドの子供たちの世話を引き受けるよ」

それを聞いたヘンリーがにまにまとアニカへ笑いかけた。「もう逃げられないよ」

アニカがトビーをにらみつける。「ほんとありがたいね」

トビーがまた笑った時、ギデオンの携帯電話が鳴った。ギデオンがトビーに画面を見せる。

モニーク。

ギデオンの妹。

ギデオンは眉をひそめて立ち上がった。

「失礼、これは出ないと」

声の届かない庭の端まで歩いていく。

トビーがギデオンと知り合って一年半になる。恋人になってからは一年とちょっとで、だがその間、トビーの知る限りこの二人は二回しか話していない。

モニークは、ベンソンの生みの母だ。ギデオンの妹。生きている限り縁が切れることはない相手である、いかに疎遠であっても。

だが、いきなりの電話？

あまりいい予感がしなかった。

そしてギデオンの顔に浮かぶ深刻さ、悩ましさからして、やはりどう見てもいい知らせではなさそうだった。

　ふと恐ろしい考えがよぎる……彼女がベンソンと再会したがっているとか？　子供に近づきたがっているとか。ギデオンはそれを許すだろうか？　トビーは――。

　舌の裏に苦いものがにじんで、トビーは自分に口出しの権利がないことに気付いた。

　自分は、ベンソンの父親ではない。

　電話で話すギデオンを眺めていると、次第に気分が悪くなってきた。胃はすっかり縮み上がって胃酸が上がり、心が重くヒリついている。

　そこにベンソンが歩いてきたので、トビーは彼を膝に抱き上げてしっかりと抱きしめた。携帯電話を耳に当てているギデオンが二人の様子を眺めて、悲しげな笑みを浮かべている。

　アニカがギデオンの椅子に座った。

「大丈夫？」

「多分、よくない電話なんだと思う」トビーはぼそぼそ言った。「帰らないとならないかも」

「わかった」

　アニカはトビーの膝をぐっとつかんだ。

　ちょうどその時、ギデオンがこちらへ顔を向け、来てくれとうなずく。トビーはベンソンを腰だめに抱っこして歩み寄った。

「今夜こっちから電話する」ギデオンが電話口に告げた。「いいか？」

何か彼女の返事を聞いてから通話を切り、ポケットに携帯電話をしまった。

「何だった？」トビーはたずねる。「ドキドキしてるんだけど。ベンソンを返せって話じゃないよね、まさか？　それならぼくにも言いたいことがあるから。そりゃぼくは法的には父親じゃないから口出しの権利はないけど――」

「ほら」

ギデオンがトビーの胸に手を置いた。「ひと呼吸してくれ。そういう話じゃないよ。ベンソンを返せとは言われてない。返せなんて言える立場でもないしね。この子は俺の子だ。俺たちの子だ」

トビーは首を振ったが、ギデオンがその頰に手を当てた。

「聞いてくれ」

と、囁く。それからふうっと勢いよく息を吐いた。

「大変な話で、まだ俺も頭が整理しきれていないんだ。ほかにもきみと話したいことがあるが、まずは肝心の話から行こう」

心臓は胸で爆音を立てていたが、トビーは平静でいようと努めた。ベンソンの頰にキスをして、抱っこする腕に少し力をこめる。

「いいよ」

「モニークは妊娠している」

ギデオンが告げた。

「知らなかったんだそうだ。中絶するにはもう遅い。彼女はどうしていいかわからないでいる。子供を育てる気はない。今はすっかりうろたえているよ。ずっと泣いてる。避妊用インプラントを入れていたが、どうも利かなかったようだ」

えっ。

えええええええ。

「話の流れが読めたぞ」と、トビーは呟いた。

ギデオンが「参ったな」と笑う。髪をぐしゃっとかき上げた。

「あとは家に戻って話そう」

うなずいたトビーの思考は千々に乱れていた。

二人の様子を窺っていたらしいアニカは、ベンソンが持って帰れるようにパーティーのお土産バッグを用意して待っていた。「もし何かあったら電話して」と、帰る彼らに声をかける。

家まではすぐで、到着してもトビーはまだ言葉が見つかっていなかった。

「子供を引き取ってほしいってことだよね」と言う。

ギデオンがエンジンを切った。

「たのまれたのはたしかだ」

トビーは溜息をついたが、やはり頭がまともに回らない。二人はベンソンを中へつれていくと、少し興奮を冷ますためにのどかに遊ばせた。本当はもうお昼寝の時間だが、とりあえずそれは後回しだ。

ギデオンはトビーの手をつかんで、引き寄せ、カウチに座らせた。

「俺も十分くらいしか考える時間がなかった」と言う。「それにこれは、何となくで決めていい話じゃない。きっちり話し合うべきことだ。この意味と、影響を」

ふうっと特大の溜息をついた。

「参ったね。あまりにも話がでかい」

「新しい赤ん坊？」

「女の子だそうだ」と、ギデオン。

トビーの目が涙で熱くなった。

「女の子？」

ギデオンがうなずく。トビーの顔を手で包んだ。

「泣かないでくれ」

トビーはこらえようとする。「あんまりにも考えることがいっぱいで」

「わかるよ。でもまず第一に、これだけはいいか？　まずきみの頭に浮かんだのは、自分がベンソンの父親じゃないってことだろ。となると、別の問題が出てくる」

「法的には違うだろ、ギデオン。ぼくは――」

「ならそれを変えよう」ギデオンが告げた。「ロマンティックな場面でもないし、こういうふうに聞くつもりじゃなかったが……」

　ごくりと唾を呑み、

「結婚してくれ。結婚しよう。ただの思いつきで言ってるんじゃないんだ、トビー。ずっと考えていた。きみと結婚したい。正式な仲になりたいし、きみの名前をベンソンの父親として俺の隣に書きたい。きみはベンソンの父親だ。彼の『トト』だろう」

　トビーはギデオンを凝視した。

「気が進まなければいいんだ」ギデオンが苦しげに囁く。「ただ、もし……」

　トビーは笑い声を上げながら泣いていた。

「自分がもう一人赤ん坊を引き取るかどうかって時に、まずそれをぼくに聞くんだ？」

「俺たちが、だ」

　ギデオンはそう訂正した。

「俺たちがもう一人赤ん坊を引き取るかどうか」そこで首を振る。「まさか妹が、電話でそんな大問題を投げこんでくるとは。きみと同じくらい、俺も混乱してるんだよ。だがもしベンソンに片親違いの妹ができるなら、それは……」

　と、肩を揺らして、

「すまない。もしきみが乗り気でないなら、それでいいんだ。これは二人で決めないと。俺だけで決めていいことではない。ドリュー相手にそうしたようには」

「ぼくは彼とは違うよ！　ぼくは絶対に――」

　即座にギデオンが首を振った。

「違う、そんな言い方をするつもりはなかった、すまない。ただ、きみ抜きで俺がこれを決めると思ってほしくないんだ。そんなことはしないから。できない。俺たちはこれを二人でやるか、やらないかだ。トビー、結婚しようと言ったのは本気だ。きみと永遠に一緒にいたい。夫として。どうしようもなくきみを愛しているし、きみはベンソンの父親だ――あらゆる意味で父親だ。だから、法的にもそうしよう」

　トビーは片手を上げた。

「一度に一つずつにして。いい？　ぼくの頭じゃいっぺんには無理」

「わかった」

　二人はそこに座って、おろそかになっていた息を整えた。そしてギデオンはトビーが頭を整理するまでじっくり待っていた。

　二人は、床にいるベンソンがイモムシのオモチャを手に、テレビの『ブルーイ』を見ているところを眺める。

　結婚。

　新たな子供。それも新生児。

ちっちゃな女の子……。

トビーはギデオンに向き直る。ギデオンの目の中には怯えがちらついていた。

「片親違いの妹って言った？」と、トビーは聞く。

ギデオンがうなずいた。

「モニークはもう妊娠五ヵ月をすぎている」

トビーは長い息を吐き出し、こくんと一つうなずいた。涙を押しとどめようとする。

「小さな女の子？」

ギデオンも目を濡らしながら、それでもうなずいた。「そうだよ」

トビーはごくりと唾を呑みこむ。

「しかも結婚？」

ギデオンが涙まじりの笑い声を立てた。「きみが承知してくれるなら、だ」

トビーはうなずいて、頬から涙を拭い取った。

「したい」

と、言う。その声は甲高くて、ますます泣き声のようだ。

ギデオンがトビーの両手をつかむ。

「本気か？」

「もちろん本気だよ」トビーは鼻水混じりに泣いていた。「迷わず結婚するよ、ギデオン。大好きなんだ。二人とも愛してる」

ギデオンはトビーの顔をぎゅっと押し包んで、鼻水や涙にかまわずキスをした。

「本当に?」

トビーは笑いながらそれ以上の涙を止めようとまばたきした。

「本当だよ！　どうして涙が出るのかわかんないよ」

「モニークには、もう少し時間をくれと言うよ」ギデオンが言った。「急ぐことじゃない。どうするのが一番いいのか、ベンソンのこともよく考えないと」

一つうなずいて、トビーは心を落ちつかせた。頬を拭って深々と息を吸う。それが利口だ。理性的なやり方だ。

だけれども――。

「彼女に電話をかけて」と、トビーは言った。「イエスと返事をしよう」

「しかし――」

「ライリーはあと何ヵ月かで幼稚園に入るから、大体の日はベンソンとマレクだけになる。金曜はバイオレットとベンソンだけ。そう考えると、ぴったりのタイミングなんだ」

「トビー、これは大きな人生の決断だぞ」

「ベンソンの妹でしょ。ならぼくらの家族だ。ほかの誰のでもなく」

またトビーの目に涙があふれてきた。

「何とかやっていけるよ、ギデオン。家族ってそういうものだよ」

するとギデオンの目にも涙があふれた。

「家族……」

「家族だ」トビーは囁く。指を四本立てた。「どうやら四人家族みたいだね」

ギデオンが涙をこぼしながら笑った。トビーの手を取り、左手の薬指にキスをする。

「愛してるよ」

立ち上がったベンソンが、ぐずりながら、くたびれ果てた様子で、二人の膝にのぼって座りこんだ。

「きみも愛してるとも」トビーはそう告げ、ベンソンの頭にキスをしてから、ギデオンのほうを見た。

「月までひとっとびするくらい」と、ギデオンが指を二本立てる。「それをもう一回。一往復。子供二人分、ふたっとびだ」

現実を実感して顔がこわばってきたギデオンの様子を涙ごしに見ながら、トビーは笑い声を上げた。

「ふたっとびだね」

好きだと言って、月まで行って

初版発行　2024年11月25日

著者　N・R・ウォーカー［N.R.Walker］
訳者　冬斗亜紀
発行　株式会社新書館
〒113-0024 東京都文京区西片2-19-18
電話：03-3811-2631
［営業］
〒174-0043 東京都板橋区坂下1-22-14
電話：03-5970-3840
FAX：03-5970-3847
https://www.shinshokan.com/comic

印刷・製本　株式会社光邦

Printed in Japan　ISBN 978-4-403-56059-0

NOW ON SALE

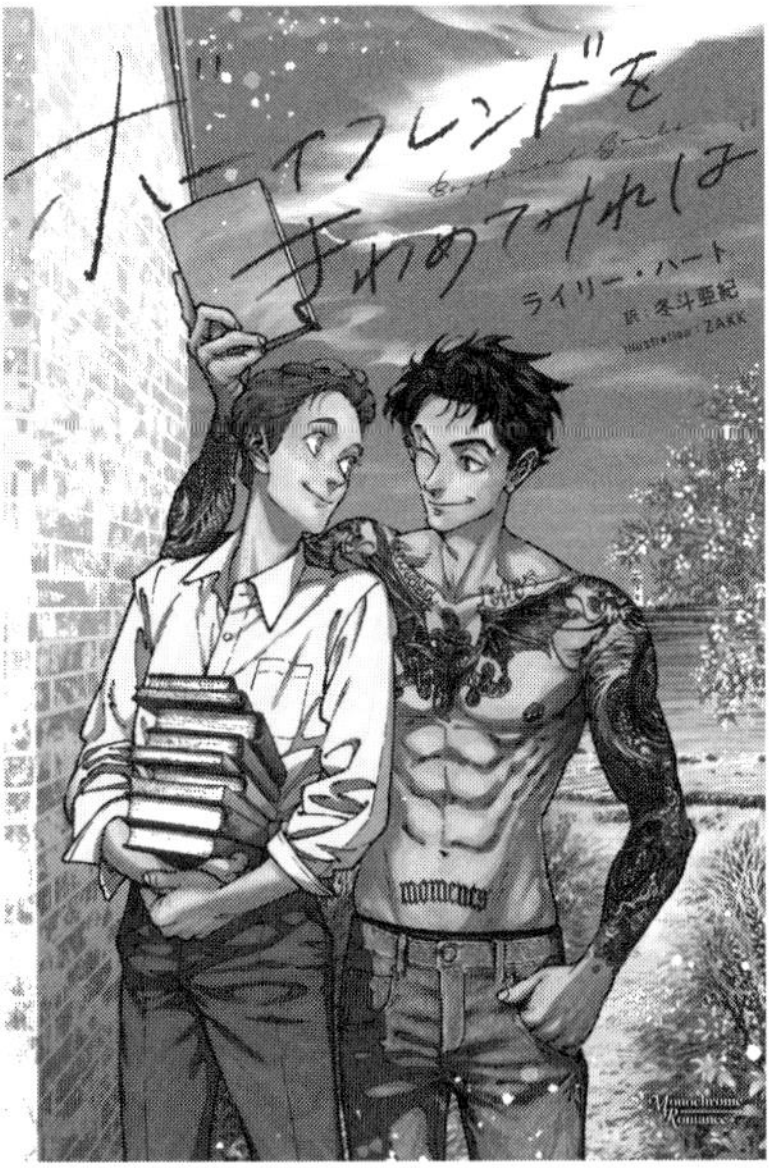

「ボーイフレンドをきわめてみれば」

ライリー・ハート

〈翻訳〉**冬斗亜紀**　〈イラスト〉**ZAKK**

思ったことを心に留めることができないマイロ。祖母の遺産としてリトルビーチの書店と建物を受け継いだ彼は、建物に入っているタトゥショップのオーナーのギデオンと出会い、一緒に暮らすことになるが――。優しさにあふれるリトルビーチに咲いた小さな恋。